1章｜目覚める

視線を下げると、リスがいる。
ぷくっとした白い頬、ふさふさの尻尾。
ピンクみを帯びた毛並み、頭には赤ポチというか
小さな宝石のようなものが埋まっている。
ちょっと風変わりなシマリスっぽい生き物だ。

「――ほうしのう、たべないりすか？」

「あーもう……全身でうまいが止まらない……」

阿部愁／アベシュー

平成最後の年に意識を失い、突如100年後の世界で目を覚ました青年。【不滅】という不死身スキルを手にしたものの、新世界の知識もサバイバル能力もなく途方に暮れる。タミコと出会い、力を合わせて生き抜くことに。

「うまうま、うまたにえんりす！」

タミコ

あざと可愛いカーバンクル族のメス。オオツカメトロ内で生まれたため、地上を知らない。アベシューを鍛え上げ、メトロからの脱出を目指す。

「んー、おいしい！
自分たちで手に入れた肉だから、
なおさらですよね」
イカリ・ノア
アベシューとタミコが初めて会った人間の少女。牡丹鍋を作って、二人にごちそうしてくれる。

5章｜決戦
「――ここを出るときは、
絶対に二人一緒だからな」

迷宮メトロ

目覚めたら
最強職だったので
シマリスを連れて
新世界を歩く

Vol. 1

Last Sasaki
佐々木ラスト
イラスト｜かわすみ

口絵・本文イラスト　かわすみ

CONTENTS

Labyrinth Metro

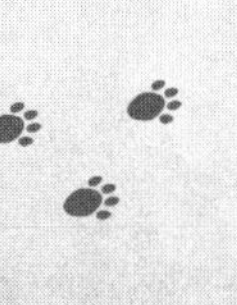

プロローグ　Prologue

最初に異変に気づいたのは、東都メトロ南北線のレール点検をしていた工務部所属の作業員たちだった。

あるはずのない分岐路がそこにあった。

なんの脈絡もなくレールの行き先が二つに分かれ、線路はコンクリートの壁にぽっかりと空いた大きな横穴の暗闇の中へと続いていた。手持ちの光源を集めても奥には到底届かなかった。

線路はほぼ直角に曲がっていた。車両がこんな角度で曲がれるわけがないし、なによりこんなところに分岐がないことは彼ら自身が一番よくわかっていた。

夢でも見ているのかと思ったが、互いにつねった頬は痛かった。幻覚にしては触った感覚がリアルすぎたし、イタズラにしても手がこみすぎていた。

「この奥にはなにがあるんだろう？　……」

「入ってみようか？　……」

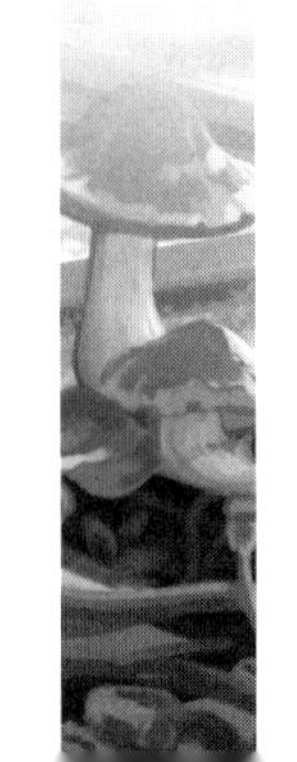

そんなことを口々に相談していたとき、ひゅうっと生温かい、なんとも生ぐさい風が流れてきて、彼らは身震いした。怖気づいてすぐに引き返したことが、彼らの寿命をわずかに引き延ばすことになった。

その日の朝までに似たような報告が三十件、メトロの各線各駅より上がった。謎の空洞と線路の出現――オカルトのような信じがたい現象だが、それはまぎれもなく現実に起こっていた。

都と国交省はただちに東都メトロ各線の運転とりやめを発表した。怪奇現象については伏せたまま、「各線トンネルと線路に重大な瑕疵が認められたため」と理由をつけた。

一日六百万人を超えるメトロの利用者たちは、訝り、憤り、困惑し、悲嘆した。

通勤難民のほとんどが別の交通機関へと殺到した。都心部を中心に交通網に大混乱が生じ、各所で事故が相次いだ。

その日のうちに調査が行なわれたが、謎の空洞に入っていった職員はそのまま帰ってこなかった。

行方不明者の捜索のために消防庁と防衛省に出動命令が下されたが、その捜索隊もまた帰ってこなかった。

三日後には空洞は百箇所を超え、関係者を戦慄させた。

その情報がマスメディアに漏(も)れ、一千万人を超える都民も戦慄することとなった。

今、我々の足下(あしもと)でなにが起こっているのか？

――メトロが氾濫(はんらん)している。

そう形容したのは、昼のワイドショーに出演していた俳優出身の司会者だった。


そして、最初の異変から一週間後。

日本(にほん)中の不安と恐怖(きょうふ)と好奇(こうき)が注がれる中で。

東京(とうきょう)という日本最大の、世界屈指(くっし)の大都市の、終わりが始まった。

＊＊＊

「カビやキノコといった菌類(きんるい)は、食物連鎖(れんさ)における分解者です。生産者である植物質――落ち葉や枯(か)れ木(き)を分解し、無機物に戻して生態系を循環(じゅんかん)させる掃除(そうじ)屋の役割を持っています。消費者である動物の死骸(しがい)やフンなどの分解も行ないますが、そっちは細菌類の領分(りょうぶん)でもあります。菌類と細菌類は名前が似ていてもまったく異なる存在です」

「どう違(ちが)うの？」

「菌類は真核（しんかく）生物、細菌類は原核生物です。菌類は菌糸という細胞の連なりでできていて、胞子（ほうし）で増える。細菌類は単細胞生物で、分裂（ぶんれつ）で増える。キノコはおいしいけど、細菌は食べられないしお腹（なか）にも溜（た）まりません」

「ノアはモノシリりす」

「ボクも聞きかじりの知識ですけどね。百年前——地下に氾濫したメトロからあふれ出た〝超菌類（ちょうきんるい）〟は東京中を呑（の）み込んだ。街を、人を、文明を根こそぎ分解して、菌糸植物の楽園を築いた。その後数十年をかけて新たに再生されたのが、今ボクたちのいるこのシン・トーキョーです」

「百年かあ……」

「ひいじいがおやすみの前に聞かせてくれた、大昔の日本という国、平成（へいせい）という時代……シュウさんはそこに生きてたんですね」

「そうだね……あんまり実感ないんだけど。ずっと寝（ね）てたからね、百年も——」

1章 Episode 1 目覚める

Labyrinth Metro

まぶた越しにほんのりとした明かりを感じる。

その白っぽい光の円に向かって、バラバラだった意識のかけらがゆっくりと集約されていく。

頭が重い。眩しくて目が開けられない。うまく呼吸できない。

(……俺は?)

(……俺は、誰?)

頭の中でようやく言語化されたのは、誰へと向けるでもない、そんな問いだ。

ふう、ふう、と自分のものらしき呼吸音だけが聞こえる。

やがて、水面にぽこっと小さな泡が浮かぶように、答えが現れる。

(俺は——阿部愁だ)

白っぽい闇の中で、自分というものの情報を手さぐりで拾い集めていく。

一月九日生まれ、二十三歳、になったばかり。独身、彼女なし。

身長百七十五センチ、体重六十五キロ。

会社員。ウェブ広告会社の営業部。新卒一年目――もうすぐ二年目か。

法治大学経済学部卒。

出身は埼玉の行田市。今住んでいるのは東京の要町。

父親は会社員。母親はスーパーのパート。上京するまでは両親と祖母の四人暮らしだった。

（んで……あれ？　俺なにしてんの？）

先週、ベランダから落ちて、病院に運ばれた。

（えっと、起きたらオヤジとおかんがいて……）

右腕右足の骨折。そのまま入院。全治三カ月。

胸の奥が急激に温度を失っていく。

（アホなことしたなあ。酔っ払ってベランダから落ちるなんて）

（会社にも迷惑かけたなあ）

（クビはないって上司も言ってたけど、だいじょぶかなあ）

ぐっとまぶたに力をこめ、こじ開ける。

白っぽい光が目に飛び込んでくる。眩しくてまぶたの裏がゴリゴリする。

蛍光灯の明かりではない。天井や壁に苔のようなものがびっしりと生えていて、それがまるで特殊な塗料のようにぼんやり白く発光している。こんな形の照明は見たことがない。

(病室……じゃないよな)

目だけ動かして周りを窺う。部屋と呼ぶにはお粗末な、四畳半ほどの岩壁の隙間のスペースだ。

(…………ここどこ？　なにが起きたの？)

頭に浮かぶ無数の疑問は、身体を覆う青黒いものを目にして吹っ飛ぶ。

愁は繭のような細い糸の塊に包まれている。サナギか蜘蛛の餌かという有様だ。

「うわっ」

慌ててそれを剥ぎとる。根が張っているかのように貼りついていて、しかもみちみちと糸を引くので気持ち悪い。ごしごしこするように、あるいは爪で引っ掻くようにしてとり除いていく。

(…………あれ？)

右腕が普通に動いている。足も。

それを剥がしてしまうと、青白い肌が露出する。素っ裸だ、入院着も下着もない。骨折箇所をがっちり固定していたギプスもないし、腕と足に残っているはずの手術痕もない。

入院したのは……十日くらい前だったと思う。

家族が来てくれた。大学の友だちも、上司と同僚も来てくれた。

けれど——その先が思い出せない。

いつの間に治ったのだろう。しかもこんな、綺麗さっぱり。

「なんなんだよ、もう……」

かろうじて声が出る。喉の機能も少し回復しているようだ。

(ていうか、俺はほんとに俺だよな……？)

(記憶を持ったまま、別人に生まれ変わったとか？)

鏡がないので断定はできないが、手の爪の形、やや歪な中指、腕毛の生え具合に違和感はない。だらしない乳首の色と形、無気力に垂れ下がったモノのサイズと右曲がり具合は自分の身体のものだと思われる。

となると、知らぬ間に傷が完治し、しかもこんなところに放置されていたわけか。

「……全然意味わかんね……」

とりあえず立ち上がってみる。一瞬ふらっとするが、細くなった足がどうにか身体を支えてくれる。

そのままよろよろと、正面にある壁の穴から部屋を出てみる。

大人一人が立って歩ける程度の廊下がある。右は行き止まりになっている。

左のほうに壁伝いに歩いていくと（ゴツゴツしたコンクリートのような壁だ）、その先は大きな瓦礫が積み上がっていて、屈んでくぐれそうな穴が空いている。

四つん這いになってそこを抜けると、開けた場所に出る。

「……地下鉄？」

円形のトンネルだ。左右に続く地面には、レールと枕木の形跡のようなものが延びている。

壁はひび割れ、崩れ、やはり苔だかカビだかに覆われている。通風孔らしき横穴が等間隔に並んでいる。

ところどころうっすらと白っぽく光っていて、何十メートルか先まで見通せるくらいには明るい。先ほどの部屋と同じく、光る苔のようなものが照明になっている。ぼんやりと曖昧な明るさで、生し具合も光量も不均等だ。

明かりの途切れた道の奥は、真っ黒な闇。生ぐさい空気の流れに背中を撫でられて、愁は身震いする。

（地下鉄のトンネル……だよな？）

どうしてこんなところに出たのかは置いておく。今考えてもわかりそうにない。

ともあれ、この風化した雰囲気を見るに、思った以上に時間が経過しているのかもしれない。

（それこそ十年二十年とか？　浦島太郎やん。俺今何歳？）

（ダメだ、意味不明すぎる。誰か説明して）

とりあえず、どこかに人はいないものか。外に出るべきか。

（すっぽんぽんのまま？）

（一発逮捕だわ、解雇だわ。会社あればだけど）

ぺたぺたと足音が聞こえる。うなり声のようなものも。

（やばいやばい、絶対やばい）

慌ててさっきの穴に戻ろうとするが、足音が地面を蹴る音に変わり、瞬く間に迫ってくる。

「ガウウッ！」

その吠え声は真後ろから聞こえる。愁は振り返る。尻丸出しの四つん這い、穴も玉も隠さないまま。

「……マジすか……」

犬、あるいは狼だ。

それもかなり大きい、虎やライオン並みの図体だ。

灰色のごわごわした体毛、尻尾は長く、耳はぴんと尖っている。

鋭く尖った牙や爪の先端にまで威圧感がみなぎっている。

「……えーと……」

（なんなのこれ？　ちょっとでかすぎね？）

（つーか東京のど真ん中で狼？　ありえなくね？）

（夢？　ロボット？　ＣＧ？）

「ガァアアウッ！」

血走った目を愁へ向け、よだれを撒き散らす。完全に本物だ。リアルだ。

「ちょ、ま、おすわり――」

とっさに出た命令を当然のごとく無視し、狼が飛びかかってくる。

大きく開いた顎が迫る。

「ひ――」

左腕に牙が食い込む。

「ああっ！」

痛い。痛い。

死ぬ。死ぬ。

（全然夢じゃない、マジのやつだ）

とにかく必死で振り払う。ぶちっと音がして、狼が離れる。血で濡れた口周りが咀嚼のたびにぬらぬらと煌めく。

愁の手首の下の肉がごっそりとえぐられて、血がどばどばと流れ落ちている。

「ああ……ああああああっ！」

痛みと恐怖で気が遠くなる。頭がおかしくなりそうだ。

「グァアアアッ！」

もう一度狼が飛びかかってくる。もう一口かじらせろと言わんばかりに大口を開けている。

ものすごいスピードの突進のはずなのに、なんだかスローに感じられる。

（あ——これ死ぬやつだ）

（なんなのもう？）

右腕を突き出す。頭を庇うように、無意識に。

（わけわかんねえっての）

（でも――死にたくない！）

涙目で強く思った、その瞬間。

てのひらになにかが集約されていくような感触を覚える。

「は――」

そして、血が飛び散る――狼の。

大きく開いた顎に、細長い鋭利なものが突き刺さっている。

それは愁のてのひらから生えた、真っ白な刀だ。

＊＊＊

気がつくと、あたりは静まり返っている。

地面についた尻が冷たい。立ち上がろうとして――かじりとられたはずの左腕がふさがっているのに気づく。

傷跡一つないが、青黒いねばっとしたもの――あの部屋で愁の身体を包んでいた物質が傷口の周りにうっすらと付着している。ちゃんとすべて剥がしたはずなのに。

夢でも見ていたのだろうか。

いや、身体には乾いた血がこびりついているし、狼が血溜まりの中に横たわっている。その口から後頭部にかけて刀が刺さったままだ。

刀はすでに愁の手から離れていて、結合していた部分――刀の柄尻に当たる部分――には、ちぎれたロープのような、あるいはキノコの石突のような、細かな糸状のほつれがある。てのひら側にもその名残のような白っぽい粘り気が付着している。

「なんなんだよ、もう……」

わけがわからない。

狼に襲われるのも、こんなものが手から生えるのも、二十三年の人生において初めてだ。理解の範疇を超えている。

立ち上がり、ふらっとする。腹が減っていることに気づく。それも耐えがたいほどの苦しさを伴う空腹だ。

(やべー……なんか食いたい……すぐにでも……)

そうは言っても、ここは謎の地下鉄だ。周りには草木の一本もない。

ちらっと狼の死体に目を向ける。

「……あー、マジか……」

こいつを食おうとしている自分に気づく。

（俺、どうしちゃったの？　そんなワイルドキャラじゃなかったのに）

（でも実際……この空腹はやばい……）

なにかを腹に入れないといけない。右も左もわからないこの状況だが、飢餓感が切実な危機として焦りを募らせる。

（つっても、獣の解体なんてやったことないし）

（水場も火もないし。やばい、なんか手が震えてきた）

（なんでもいいから腹に入れたい……この際生肉でも――）

「――ほうしのう、たべないりすか？」

突然後ろから声をかけられて、愁は思わず飛び退く。

振り返るが、そこには誰もいない。

「ここりすよ」

視線を下げると、足下にリスがいる。

ぷくっとした白い頬、ふさふさの尻尾。ピンクみを帯びた毛並み、頭には赤ポチというか小さな宝石のようなものが埋まっている。ちょっと風変わりなシマリスっぽい生き物だ。

きゃー可愛い。

そいつが愁を見上げ、手を振っている。

「かりゅーどさん、ちょっとしゃがんでもらっていいりすか」

愁の足の親指をぺちぺちと叩くリス。甲高い声は明らかにそのちっぽけな身体から発せられている。

ここへ来て、愁の頭に溜まりっぱなしになっていたものが飽和点に達し、脳みそが爆発する。

「キェアアアアッ！　リスがしゃべったあああっ！」

「うっさいわボケ！　ほかのケモノがくるりすがぁ！」

リスが瞬く間に愁の身体を駆け上り、肩に乗って愁の頬を叩く。ぺしっと響くリスビンタ、ちょっぴり痛い。

「かりゅーどならメトロじゅうのほうしのうをたべるりす！　そしてあたいはそのおこぼれをもらうりす！」

「えっと……狩人？　メトロじゅう？　ほうしのう？　全然わかんないんだけど。つーかなんでリスがしゃべってんの？」

「ごたくはいいりす！　ゴーストウルフのほうしのう、はらをかっさばいてとりだすりす！」

耳元でキーキー言われると鼓膜に来る。

なにがなんだかさっぱりだが、とにかくなにか食べないといけないことには変わりない。

そこだけは現実だ。

「……とりあえず、腹を捌けばいいの？」

「いそぐりす。ほかのケモノがくるりす」

しゃべるリスに言われるがままだが、それ以外に選択肢があるわけでもない。気が進まなすぎるが、背に腹は代えられない。

（……やるしかねえか……）

見様見真似、本で読んだ知識を総動員だ。

狼の頭から刀を抜き、それを下腹部に浅く刺す。

狼の皮は分厚くてかたい。それに刀の長さ――刃渡り五・六十センチほど――が邪魔で切りづらい。それでも足で押さえるようにして、がりがりと何度も刺し引きしながら切り開いていく。

「ろっこつははずさなくてもいいりす。おなかのしたのほうりす」

時間をかけ、どうにか下腹部を割る。腸がどろっとこぼれてくる。

「おくのほうに、まるっこいのがあるりす」

「うええ……」

腹の中に手をねじこみ、腸を掻き分ける。その下、その奥に、白っぽい球体——臓器にしては不自然なほどに綺麗な球体が二つある。サイズは直径五・六センチくらいだ。指で丁寧に癒着部分を剥ぎ、とり出す。

「まずいりす！　ほかのケモノがくるりす！」

「マジで⁉」

愁にはその気配は感じられないが、血や肉のにおいで獣が集まってくることは容易に想像がつく。慌てて最初に出てきた穴をくぐり、手頃な瓦礫でふさいでおく。

「へえ、いいかくれがりすね。おっきいケモノははいってこれないりす」

「元からあった穴じゃないの？」

「あたいはきづかなかったりす。きのうのメトロのへんどうであいたりすな、たぶん」

「（メトロの変動？）俺、ついさっきまでここで寝てたんだけど。つーかここってどこなの？」

「はなしはあとりす。ほうしのうをたべるりす」

最初の部屋に戻って早々、リスに促され、ほうしのうとやらを食べることにする。

とはいえ、改めて向き合ってみると、とり出したばかりの生の臓器だ。これをこのままかじるというのは若干抵抗がある。文明人としてはせめて火を通したい。

「はやくしないとせんどがおちるりす。ガブッといくりす、このノロマのグズが！」

「最後なんで罵倒されてんの？」

意を決し、それにかぶりつく。表面のやや弾力のある膜を歯で破ると、ぬちょっとした歯応えがやってくる。

「……まじいわこれ……」

生ぐさくてねばついている。口の中で後を引く苦み。食感的にはマシュマロ？　いや、居酒屋で先輩に食べさせられた白子に近いかもしれない。

それでも食べずにはいられない。それほどに逼迫した空腹感で、身体が次の一口を催促している。口の周りのべとべとも気にせず、片方を一気に完食する。

「……うおっ？」

突然、全身の筋肉がビキビキとこわばりだす。一瞬毒を疑うが、痛みも不快さもなく、数秒後にはふっと一瞬にして消えてしまう。違和感はなにも残っていない。

「つーか……身体が……」

明らかに元気になっている。空腹感が嘘のように消えたこともあるが、内側からエネルギーがあふれてくるかのような。

ほうしのう――胞子嚢、だろうか――とやらは滋養強壮効果でもあるのだろうか。終電帰りの翌朝の翼を授ける系ドリンクでもこうはいかない。

「レベルアップしたりす」

「レベルアップ？」

「たいないのきんしがセーチョーしたりす。オマエ、〝いとくりのたみ〟なのに、あたいよりモノシラズりすね」

体内のキンシが成長？　禁止？　錦糸？　菌糸？

「糸繰り？　もわからないし、狩人でもないね。サラリーマンだね」

「さらりーまん？　よわそうななまえりす」

「いや、名前は阿部愁だけど」

リスはもう一つの胞子嚢をかじかじしている。四分の一ほど食べ進めたところで「いぎぎ！」と身体をひきつらせ、「あたいもレベルアップりす！」とガッツポーズする。

「リスにもレベルって制度が適用されてるんだね」

「あたいはリスじゃないりす。まじゅうりす。てんかになだかいカーバンクルぞくりす」

「（語尾りすやん）魔獣？　カーバンクル族？」

その魔獣はぺたっと座り込み、ぱんぱんに膨らんだ頬袋の中のものを咀嚼しつつ顔についたべとべとを舐めとる。

「あたいはもうまんぷくりす。のこりはオマエがたべるりす。おのこしはギルティーりす」

「そもそもリスって草食じゃなかったっけ？　雑食だっけ？　まあいいけど……」

リスのお残しとはいえ、貴重な食料だ。遠慮なく綺麗に平らげる。するとまたしても身体ビキビキが起こり、やはり数秒で消える。

「にかいもレベルがあがるってことは、レベルげきひくのよわよわニンゲンりすな」

「弱いっつーか、俺さっき目覚めたばっかで……もうなにがなんだか……」

腹が満たされ、元気も出たが、そうなると冷静さが戻ってくる。

入院していたはずなのに、気づいたら地下鉄もどきにいて、狼に殺されそうになり、しゃべるリスと出会い、狼の内臓を生で食べた。なかなか得がたい体験の連続だ。

「ねえ、リスさん」

「あたいにはタミコってなまえがあるりす」

「タミコ、ここはどこで、今は西暦何年なの？」

「どこって、オオツカメトロのちかごじゅっかいりす」

「オオツカメトロ？　てか、地下五十階？」

「セーレキなんねん？　ってのはしらんりす。トーキョーレキならひゃくにねんのはずりす」

「トーキョー暦？　なにそれ、新しい暦？」

「メトロがはんらんして、まえのくにはひゃくねんまえにメツボーしたりす。いまはシン・トーキョーっていう〝いとくりのたみ〟のくにになったって、カーチャンからきいたりす」

「マジかよ」

愁は壁にもたれ、天井を仰ぐ。

＊＊＊

——メトロの氾濫。

タミコが口にしたそのフレーズに、愁の記憶が呼び戻される。入院してから意識を失うまでの記憶が。

入院から数日経った頃、東京が大騒ぎになっていた。

地下鉄の路線に謎の空洞が現れる怪現象が頻発して、東都メトロが全線に渡って運行休止になっているとか。

おかげで両親も見舞いに来るのに大変だったと愚痴っていた。最寄りの新大塚駅を利用できず、山手線の大塚駅から歩いてきたそうだが、ホームには入りきれないほどの乗車待ちの行列が続いていたらしい。

——メトロが氾濫してるらしいわ。

ワイドショーの受け売りだかなんだか、母は半ばわくわくした風に言っていた。父は他県に転院したほうがいいとしきりに口にしていた。

それから数日後。夕食後でうとうとしていたとき。

病院内も外もなんだか騒がしかった。看護師が病室に飛び込んできて目が覚めた。

——避難して！　急いで！

ヒステリックな声でそんなことをさけんだあと、彼女は窓の外を見て、顔を歪ませた。

愁もつられて振り返った——それで……それで？

大きな地震が起こった。停電で真っ暗になった。

建物が崩壊するような音がした。ベッドごと落下していくような感覚があった。

そこで意識がぶつっと途絶えた。思い出せるのはそこまでだ。

＊＊＊

「……あ――……」

このタミコというしゃべるリスの話が嘘でないのなら。

あくまでもそれが事実であるなら。

メトロの氾濫とは実際に起こった災害であり、それで日本は（あるいは世界も？）滅びたということになる。そしてシン・トーキョーなる国が興されたということになる。今はポスト・アポカリプス、百年後の世界ということだ。

家族も、友だちも、会社も、なにもかも残っていない。

そんな世界を想像しようとしてもできない。今自分がいるこの場所が現実に、その世界の一部だとしても。

「……ありえなくね？」

百年も寝ていたとしたら、骨すら残っていないはず。なのに生きている。ガイコツどころか意識を失う前、というか入院する前くらい健康ボディーだ。

「アベシューは、まえのくにのニンゲンりすか？」

「みたいだけど……そんなことってありうるのかな？」

「しらんりす。ふつうのニンゲンはナガイキりすか？」

「いや、そんな生きないと思うけど」

ふと、部屋の床につついた青黒いねばねばに触れてみる。これにくるまれる形で自分は眠っていた。

「カビりす」

「カビ？　俺、カビてたの？」

「きんのうじゃないりすかね？」

「きんのう？」

「なにもしらないやつにセツメーするのはつかれるりす」

「ごめんね、タミコ」

お詫びに腹をこしょこしょしてみる。

「きやすくさわんなダボが！　そのゆびかみちぎったるど！　やめろ、やめ――ああっ、めっちゃええ……！」

即堕ち。

「きんのうってのはなに？」

「きんしをあやつるのうりょくりす。スキルともよぶりす……ええい、いちどはじめたらかってにやめるな！　もっとこしょるりす！」

こしょこしょ。

「菌糸って、カビとかキノコの菌糸だよね。菌糸を操る能力……菌能ってことか？」

カビとキノコの両者は生物としては同じ菌類に属する仲間で、「子実体――傘や柄をつくるのがキノコ」「つくらないのがカビ」というざっくりした分類をされている。と生物の授業で習った。そういった菌類を構成するのが菌糸だ。

菌糸を操る能力、というのはどういうことだろう。いまいちピンとこない。

スキルにレベルに魔獣。まるでゲームの世界の用語だ。

「あたいらもニンゲンも、からだじゅうにきんしがやどってるりす。だからきんのうをつかえるりす」

「菌糸が宿ってる……って、やっぱ身体中カビに寄生されてるってことやん……」

そう言い換えると多少気持ち悪くなる。

「さっきアベシューもきんのうをつかってたりす。オオカミをザクッてやったりす」

「あ、あれか……」

愁はてのひらに目を落とす。

さっきはまったく無意識で、ただ死にたくない一心だった。

どうやっていいのかもわからないが、とにかく念じてみる。出ろ出ろ、刀出ろ――。

「おわっ！」

右てのひらから白い糸が生じ、それが撚(よ)り集まって切っ先が生まれ、さらにするすると伸びていく。危(あや)うく顔面に刺さるところだった。

「……ほんとに出た……」

うっすら乳白色がかった片刃(かたは)だ。ほんのわずかに反りが入り、鍔(つば)はない。柄の部分は細く丸みを帯びている。てのひらとの結合部分は蜘蛛の糸のようなねばついたものでつながっている。

「それがきんのうりりす。かりゅーどがつかう〝きんしぶき〟りす。あたいもはじめてみるりすけど」

「これが菌糸？　菌糸武器？」

体内から分泌(ぶんぴつ)された菌糸が集まってかたまって刀状になった、ということだろうか。ぶっとんでいるにもほどがある。

いつの間にこんな能力が身についたのだろう。なぜこんな能力が身についたのだろう。

（俺はほんとに俺なのか？）

（もはや別人になってたりしないか？）

（あるいは人間じゃなくなってたりとか）

考えても答えが降ってくるわけでもない。しかたなく柄を握(にぎ)ってもぎとってみる。

刃は苔の照明の光を反射しない。無骨な乾いた刃だ。試しに振ってみると、ひゅんっと空気を裂く音がする。重量はそれほど感じられないが、刃や切っ先の鋭さは本物の刀のようだ。

「これが……俺の菌糸……」

「そうりす。アベシューのかたくてとがったアレりす」

「言いかた」

「〝いとくりのたみ〟のかりゅーどは、きんのうでメトロじゅうをかるりす。ほうしのうをたべてつよくなって、よりでかいツラしやがるりす」

「メトロ獣の胞子嚢……生殖器官みたいなもん？」

となると、狼のキンタマを食べたことになる。とたんに胃がぞわぞわっとするが、今は栄養的に吐くわけにはいかない。キンタマだとしても。

「メトロじゅうはひゃくねんまえのパンデミック？　からいきのびたケモノらしいりす。あたいもよくしらないりす」

「パンデミック？　なんかまた物騒な単語出てきたな」

聞く限り、メトロの氾濫と同時期にやってきたなんらかのバイオ的な災害だろうか。

「えっと……ここはオオツカメトロって言ってたよね。オオツカって、巣鴨や池袋の近くの？」

「しらんりす。あたいはちじょうにでたことないりす。ニンゲンのコトバやちじょうのことは、ぜんぶカーチャンからおそわったりす」

「カーチャン？」

「カーチャンはむかし、かりゅーどといっしょにたびをしてたらしいりす。とってもモノシリだったりす……」

そう言って悲しげにうつむくタミコ。過去形ということは、存命ではないのか、少なくともここにはいないということか。

「なるほど……メトロって、地下鉄とは違うの？」

「ちかてつ？　しらんりす。メトロはメトロりす。シン・トーキョーのちかにひろがる、むすうのメーキューりす」

地下迷宮──つまりダンジョンか。ますますゲーム的だ。

「ここはその地下五十階だっけ……大塚の病院で入院してただけなのに……」

メトロの氾濫とかいう災害で、こんな地下深くまで叩き落とされたということだろうか。そしてなんらかの理由で百年も生き延びた、と。

「……全然わかんねえ……」

ダメだ。これ以上は謎がただ積み上がっていくだけだ。消化できない小骨を飲み込み続けても痛いだけだ。

これからのことについて考えよう。わからない謎についてよりも、現実的な目の前の問題にこそ頭のリソースを回すべきだ。

「……地上に出なきゃダメだな、やっぱ」

一刻も早く、この危険すぎる地下空間から脱出する。

この世界が今どうなっているのかをこの目で確かめる。

それしかない。

とりあえず一つ目標が生まれた。まずはそのことだけを考えよう。

「タミコ、地上に出たいんだけど、どうしたらいい？」

「ムリりす」

「は？」

「アベシューはげきよわニンゲンりす。このメトロにおいてはダニにもおとるカーストのテーヘンりす」

「カーストなんてよく知ってんね」

「うかつにここをでたら、さっきのゴーストウルフみたいなメトロじゅうにガブリ！　でシュンサツりす。びょうでうんこになるだけりす」

「うんこはやだなあ」

「ちじょうにでるには、たくさんかいだんをのぼって、たくさんメトロじゅうをおっぱらわなきゃいけないりす。アベシューにはムリりす」

　確かに無理だ。さっき死にかけたばかりだし。

「えっとじゃあ……メトロに誰か人間が来る可能性は？　その人に助けてもらって……」

「オオツカメトロはふにんき？　で、かりゅーどはめったにこないらしいりす。あたいもニンゲンをみたのはアベシューがはじめてりす。だからほんとはちょっとコーフンしたりす。こんなにツルッツルのかおしてるとはヨソーガイだったりす」

「塩顔で悪かったな（コンプレックス）。じゃあ、救助を待つってのも現実的じゃないわけだ」

　自力での脱出は不可。救助も来ない。八方ふさがりとはこのことか。

「でも、あくまでもいまのアベシューりす」

「へ？」

「もっとレベルアップして、メトロじゅうをたおせるようになればいいりす」

　愁は手に握る刀を見つめる。

タミコの話のあとだとずいぶんちっぽけに見えてくるが、これが今の全実力だ。

「レベルアップって、さっきの狼みたいな化け物を倒して、あの内臓を食うんだっけ？」

「そうりす」

「レベルアップしたら、どんくらい強くなれるの？」

「カーチャンのあいぼうはりっぱなかりゅーどで、レベル50いじょうだったらしいりす。このフロアで……うんわるくメトロじゅうにやられちゃったらしいりす。アベシューもそれくらいつよくなればいいりす」

「レベル50以上って……」

さっき二回上がったので、今の愁はおそらく3だ。

少なくともあと47……気が遠くなるほどの道のりだ。

「……一人でやれるかなあ。なんの準備も装備もないし、知識もほぼゼロだし」

狩りどころかケンカすらしたことがない。生まれてこのかた荒事とは無縁の人生だった。

いきなりゲーム的世界に放り込まれて、モンスターと戦えと言われても。

得物は菌糸とやらの刀のみ、防具はおろか服もない剥き出し状態継続中。

途方に暮れていると、タミコがとことこと愁の肩まで乗り、ぺちっと頬を叩く。

「あたいがてつだうりす。カーチャンからうけついだちしき、ぜんぶアベシューにたたきこんでやるりす」

「それは……ありがたいけど、なんで……？」

「あたいもちじょうにいきたいりす。うまれてごねん、いちどもメトロからでたことないりす。タイヨーやニンゲンのまちをみてみたいりす……」

手を合わせ、うっとりと天井を仰ぐタミコ。地上世界への憧れは強いようだ。

「だけど、あたいだけじゃムリりす。カーチャンもきょねんしんじゃって……このままじゃいつか、あたいもメトロじゅうのおやつになっちゃうりす」

やはりカーチャンは故リスだったのか。去年ということは、タミコは一年間も一匹で生き抜いてきたということか。

「だから、アベシューにつよつよニンゲンになってもらいたいりす。いっしょにちじょうにでるりす」

「なるほど、ウィンウィンってやつか」

「チンチンりすか？　あたいはメスりす」

「うん？　うん……いいや、とりあえず助かるよ」

このよくわからない世界に目覚めて、右も左もわけのわからない状況だ。

正直なところ、あと二・三日はずっと絶望していたい気分だ。

ここでゴロゴロして、この身に降りかかった不幸を嘆き、悲劇感に浸っていたい。
（だけど……）
状況はそれを許さない。
ここはとても危険な場所で、水も食べものもない。ついでに素っ裸だ。
このまま死を選ぶなら、それは簡単だ。すぐにやってきて、楽にしてくれるだろう。
（だけど……）
あくまでも生を選ぶなら――。
「……やってみるしかないのか」
現実を受け入れ、行動するしかない。
このメトロとやらからの脱出を試みる。
菌糸の刀を手に、リスを相棒に。
（どんだけコント感あふれる冒険だよ）
笑いそうになる。
「でも……それしかないんだもんなあ」
「そのいきりす、アベシュー」
愁は肩に乗るリスに人差し指を差し出す。タミコはそれをひしっと鷲掴みにする。

「よろしく頼(たの)むね、タミコ」

「よろしくりす、アベシュー！　バリバリきたえてやるからカクゴするりす！」

「お手柔(てやわ)らかにね」

「だいじょぶりす。このタミコがいっしょなら、はっぱのおふねにのるがごとくりすよ！」

「沈(しず)むわ」

「なあに、あたいがホンキだせば、あっというまにシン・トーキョーのタイヨーをおがめるりすよ！」

　結果から言うと、二人はここで五年をすごすことになる。

2章 Episode 2 始まる

目覚めると愁(しゅう)はベッドの上にいる。

「……え？」

病室だ。大怪我(おおけが)をして入院した、あの病室。

中年女性の看護師がやってきて、「お食事の時間ですよー」と白い団子を食べさせてくれる。遠慮なくぐいぐい口の中に放り込まれる。

「……夢(ふへ)？」

ひどい夢を見ていたような気がする。結構なボリュームの団子をもぐもぐ咀嚼しながら思い出そうとするが、記憶(きおく)にも思考力にも靄(もや)がかかっている。

「……よかった、夢だった」

とりあえず現実に戻(もど)れたことにほっとする。口の中のもちゃもちゃしたものをすべて飲み込むが、まだ腹が減っている。病院食は物足りない、もっと脂(あぶら)っこくて味が濃(こ)いものが食べたい。

今度は担当医の男性がやってきて、「気分はいかがですか?」と絵筆で顔を撫でられる。くすぐったいが、これは治療に必要な行為だと納得している。早く元気になって会社に戻らないと。

「俺、いつ頃退院できますかね?」

「レベル50になったらりすね」

「へ?」

目覚めると岩壁に囲まれた小部屋にいる。

鼻面をこしょこしょと柔らかい毛束のようなもので撫でられている。シマリスが尻尾を掴んで左右に振っている。タミコだ。

「おはようりす。あさりすよ」

「……目が覚めたら、悪夢の続きなのね」

とりあえず手を伸ばしてふわふわの白い腹をこしょる。「ああっ……あさからそんな……ダメぇっ……!」と身悶えるタミコ。

ここはオオツカメトロ地下五十階。

タミコの話のとおりなら、東京の地下に広がる迷宮の深部だ。

普通なら地下世界には昼も夜もないはずだが、壁や天井に生えている照明代わりの光る苔――タミコいわくホタルゴケというらしい――がその光の色で昼夜を表現してくれる。白っぽい光のときは日中、青っぽくなると夜ということらしい。

もうこれでもかと飽きるほど、それこそカビが生えるほど眠っていたはずが、昨日は夜になったら早々に眠気がやってきて、素っ裸でかたい床の上という状況にもかかわらず、そのまま熟睡してしまった。今は白い光が部屋を照らしている、朝のようだ。

「……あー……腹減った……」

昨日あのクソマズな胞子嚢とやらを口にしたきりだ。朝メシよこせと催促するように、腹からきゅるきゅるきゅると切ない音がする。

「……喉も渇いた……水飲みてえ……」

そちらも切実だ。というか、この洞穴で綺麗な飲み水を確保するのは獣を狩るより難しいかもしれない。

「じゃあ、オアシスにいくりすか?」

「へ?」

「あんぜんにみずがのめるばしょりす」

「マジ?」

＊＊＊

タミコは耳がいいらしい。「あたいのきんのうりす」ということで、要は聴覚を強化するスキルを持っているようだ。要約すると「体内の菌糸の作用で身体能力の一部を強化している」ものと思われる。

「ちかくにケモノはいないりすね。チャンスりす」

「よし、行くか」

蓋代わりの瓦礫をどけて穴をくぐり、隠れ家の外に出る。

「……あー……」

出入り口から少し離れたところに、無残な姿に成り果てた狼の骸がある。

昨日あのあと、部屋が腐臭まみれになるのも覚悟で死骸を回収しようとしたのだが、「ほかのケモノがきてるりす」とタミコに止められた。血のにおいで別の獣が呼び寄せられたらしく、今愁たちの前に横たわっているのはそいつらの食い残しだ。

「つーかもう、苗床みたいになってんな」

にょろっと細長いつくしのようなゼンマイのような、見たこともない植物が生えている。

萌芽（ほうが）からたったの一晩、というか光合成は必要ないのだろうか。

「きんしょくぶつりす」

「菌糸（きんし）植物？」

キノコなのか植物なのか。見た目は後者のようだが、よくわからない。

「オアシスにもたくさんはえてるりすよ」

「なるほど？」

そのへんはあとで考察するとして、そろそろ出発しないと。

丸腰（まるごし）のままのこのこと出歩くのは無警戒（むけいかい）すぎるので（丸裸（まるはだか）なのはさておき）、武装を試みる。昨日のように「出ろ出ろ」と念じると、てのひらからしゅるしゅると糸が生じ、刀の形をつくっていく。

白い菌糸の刀だ。再現できてほっとするのと同時に、やはり驚（おどろ）かずにはいられない。

（菌能、かあ）

（青黒カビで傷が治るのと、刀が出るのと）

（とりあえず今使えるのはこの二つ……だけ、だよな？）

「アベシュー？」

「うん、行こっか」

廃線化した地下鉄のような道は左右に続いている。タミコの話から推察するに、ここは「東都メトロの超常的な氾濫と増殖によってできた迷宮」といったところか。タミコを肩に乗せ、愁はレールに沿って右へ向かう。

小さなトンネルから小道に入ると、人工的な雰囲気はすぐに失せ、ゴツゴツとした岩肌に囲まれた洞窟的な通路に変わる。道は細く分岐していて、タミコの指示どおりに右へ左へと進んでいく。獣と出くわさないかヒヤヒヤしながら二・三分歩いたところで、急に視界が開ける。

「……ほえー……」

天井が高く、学校のグラウンドくらいの広さがある。ホタルゴケの量が多いせいか、本物の昼のように明るい。

小さな虫が飛び交っている。小鳥のさえずりのようなものが聞こえる。地面には柔らかい腐葉土が敷き詰められていて、見渡す限り背の低い草木が生い茂っている。空気が肺にしみるほど新鮮に感じられる。

「確かに、不毛な地下世界のオアシスって感じだな。けど……」

刀を握りしめ、ドキドキしながら周囲を窺う。そのへんの茂みからいきなり狼が飛び出してきたりしたら確実にチビる。というか小便したくなってきた。

「だいじょぶりすよ。ちかくにケモノはいないりす」

「ほんとに？」

「いるのはネズミとかコウモリとか、クソよわよわのショードーブツだけりす」

「うん？　うん」

「あっちにみずがあるりすよ」

地面や壁から水が湧き出ている箇所がいくつもあり、幅数メートルほどの池をつくっているところもある。

愁は手で水をすくい、においを嗅いでみる。特ににおいはしないし、不純物が混じっていたりもしない。一見して綺麗な水だ。

おそるおそる口に含んでみる。冷たい感触が喉を通りすぎていく。

「……んめえ……」

こんなにもうまい水は初めてかもしれない。いや、味自体はたぶんこれまで口にしてきたものとそう変わらないだろうが、身体がそれを切実に欲していたのを実感させられる。

腹を壊さないようにほどほどに、と思いつつも二杯、三杯と飲み干してしまう。

「……俺だよなあ、間違いなく……」

一息ついて、揺れる水面に映る自分の顔に目を向ける。

そこにあるのは、まぎれもなく阿部(あべ)愁の顔だ。長い眠りにつく前と同じ顔。これで別人に転生した説は完全に消滅(しょうめつ)したわけだ。

ほっぺたをぺしぺし叩(たた)いてみる。二十三年付き合ってきた、特徴(とくちょう)のないうっすい塩顔。平たい顔族の代表を名乗れそうなのっぺりフェイス。知り合いの女性陣曰(じょせいじんいわ)く「眠そう」「無害そう」「多少癒(い)やされる」「なに考えてるかわかりづらい」。目が一重(ひとえ)なのがいけないのだろうか。

記憶の中の自分よりも少し痩(や)せている気がする。社会人になって一年弱で数キロ増えたが、今は学生時代の金欠時よりさらに不健康そうに見える。百年も飲まず食わずだったのだから当然というか、むしろ干(ひ)からびて塵(ちり)にならなかったことを喜ぶべきか。

タミコがぴしゃぴしゃと顔や身体に水をかけて洗っている。綺麗好(きれいず)きな女の子のようだ。頭の宝石も念入りに磨(みが)いている。

「タミコ、その頭の赤い宝石ってなんなの？」

「カーチャンもついてたりす。こういうもんりす」

「そういうもんなのか」

「さわるなクソが！　そこはビンカンりす！　やめろ、やめ――モットナデナデシテー……」

「チョロすぎだろ」

　無事に渇きから解放されたので、次は飢（う）えのほうだ。なにか食べられるものはないかとあたりを物色してみる。

　草花に詳（くわ）しいわけでもないが、オアシスにあるのはどれも見たことのない植物ばかりだ。ねじくれていたりマリモみたいにふさふさしていたり、妙（みょう）にサイズ感がおかしかったり、葉っぱが青だったり黒だったり。雑草をぽきっと一本折ってみると、茎（くき）の中でねばっとした糸を引く。これが菌糸植物という呼び名の由来ということだろうか。

　タミコの助言を受けて、食べても大丈夫（だいじょうぶ）そうな野草をいくつか摘（つ）む。それから奇怪（きかい）なフォルムをしたキノコもいくつか。キノコは糖質オフの低カロリー食材だが、なにもないよりはマシか。

「あ！　ドングリタンポポりす！」

　タミコがてとてとと黄色い花に駆（か）け寄（よ）る。花弁の中心に木の実に似た種がついている、ドングリタンポポとはなるほどのネーミング。それをもぎとってゴリゴリかじる後ろ姿はリス以外の何者でもない。

　ドングリもれっきとした食材だ。茹（ゆ）でてアクを抜（ぬ）けば食べられるし、粉にすれば穀物の代わりになる。とはいえ調理器具も加工する知識もないため、愁もそのままリスに倣（なら）う。

すなわち丸かじり。

「……にげえ……」

人間が生で食べたらまずいやつだ、と舌が訴えかけている。砕いた殻と一緒に粉っぽい中身も吐き出す。

他にもなにかないかとさがして回る。果物でもあれば最高だが……あいにくカロリーを稼げそうなものはここには生っていないようだ。貴重なオアシスだが、至れり尽くせりとばかりに甘くはないか。食糧事情は今後も最優先で考えていかなければ。

「……だけど、ここは宝の山だな」

水や低カロリー食材以外にも、ここの資源は愁にとって貴重なものばかりだ。

たとえば枯れ草。イネ科のような茎の細長い植物が自生している。その枯れ草を拾って引っ張ってみる。柔らかいが弾力があり、頑丈なので紐の代わりになりそうだ。たくさん集めれば藁の寝床もつくれるかもしれない。

それと、さっきから気になっていたが、バナナの木のような葉っぱの大きい植物もある。触ってみると葉は柔らかく、縁もトゲトゲしていない。

（これならいけそうかも）

枯れ草の紐を結んで腰に回し、摘んだバナナもどきの葉を数枚並べて垂れ下げてみる。

腰蓑の完成だ。

「……いや、完成じゃねえし」

尻は全開だし、前のほうも隙間からこんにちはしている。むしろルックス的には裸より猥褻感が強い。

まあ、腰蓑をつくる程度の材料は山ほどある。まずは局部を隠匿して裸族からの卒業、オオツカメトロのアダムになるところから始めたい。

「タミコ、ここってマジで狼とか来ないの？」

「あんまりこないりすね」

「なんで？　水もあるし、エサだってとれそうなのに」

野生なら獣は水辺に集まるものだ。貴重な水源としてだけでなく、そこにやってくる獲物を狙う意味でも。

「あたいもよくわからんりす。カーチャンはここにあるショクブツのにおいとかが、ニクショクのケモノをとおざけてるっていってたりす」

「獣除け効果のある植物？　そんなもんもあるんか」

肉食というと愁もそうだし、タミコもリスのくせに胞子嚢をむしゃむしゃ喰らっていた。

だがこの場に対して忌避感のようなものはない。そのへんの差は知性の有無なり種族の違いなりというところだろうか。

「それに、メトロはそこらじゅうにみずがわいてるから、ここじゃなくてもいいのかもりすね。ここはキレーなみずがあるからあたいはすきりすけど」

「なるほど」

ここに至るまでの通路にも、水が滲み出ているところや配管のようなものから水が滴っているところがあった。それらがどういう由来の水かはともかく、少なくともこのあたりでは（衛生面さえ気にしなければ）水に困らずに済みそうだ。

「なら、思いきってここに引っ越しするとか？」

「うーん、やめといたほうがいいりす。ゼッタイこないわけじゃないし、きたらにげられないりす」

「確かに」

水回りの充実した物件は魅力だが、隠れ家のほうがセキュリティーはかたい。命の安全には代えられない。

「さて、あたいはおはなをつみにいくりす。ちょいとしつれい」

「あ、俺もションベンしたくなってきた」

隠れ家にも用を足せる設備をつくろう。廊下の突き当たりにでも土や草を積み上げたら

いけそうな気がする。

　サバイバル生活は始まったばかり、課題は山積みだ。

＊＊＊

　それからは生活基盤の整備に時間を費やすことになる。

　近くに獣がいないことを確認しつつ、隠れ家とオアシスとの往復。野草やキノコ、ドングリなどの備蓄、運び込んだ枯れ草で寝床の作成。

　手頃な石を菌糸刀で削ってナイフをつくったり、よさげな葉っぱをかき集めて腰蓑を完成させたり。そして薪としての枯れ枝を集めて——。

「……火を起こすのってむずいんだなあ……」

　焚き火をやろうとしたが、失敗。こすって摩擦を起こせるようなしっかりした木枝もないし、薪はどうも湿っている。

　というか環境的にジメジメしているので、枯れ草の寝床も衛生的にどれほど長持ちするものか不安だったりする。火を起こせれば乾燥させたりできそうなのに。

　さらにもう一つの課題。やはり精のつく腹に溜まる食材を確保したい。ということで

――。

「ふっ！」

視界の端に捉えた瞬間、愁の身体がはじけるように動き、その手に獲物を掴みとる。捕らえられた灰色のネズミは、キーキーと同情を誘うような声で命乞いをする。

（……なんか今、俺すごくなかった？）

自分でもびっくりするような敏捷性を発揮してしまった。すばしっこい野生動物をワンチャンスで捕獲してしまった。

（昔の俺じゃあ考えられない運動神経だったな）

（レベルアップの恩恵ってことか？）

初日のゴーストウルフの胞子嚢で、愁はレベル1から3に上がった（はず）。タミコ曰く「レベルが上がれば強くなる」というゲームじみた常識が実現されているようなので、その分だけ身体能力も向上しているということか。

「さあ、ひとおもいにやるりす！　なさけはムヨー！　はよはよ！」

情け容赦なく齧歯類仲間へのとどめを強要してくるリス公。ごめんな、と口の中で小さくつぶやいてから、愁は石のナイフを滑らせる。

生肉を食すのはもう少し先の手段として、今回頂戴するのは胞子嚢だ。事切れたネズミの腹を捌き、タミコの手も借りて慎重に開く。

「……ちっちゃ」

果たしてとり出されたのは、米粒ほどの小さな胞子嚢だ。体格の差と言えばそれまでなのだが、ピンポン玉サイズはあったゴーストウルフのそれと比較するとちょっと寂しすぎる。

二つあるのは前回と同じなので、タミコと一つずつ分け合う。どうあがいても一口でいけてしまう。一瞬で口の中で溶けてしまうくせに、しっかり主張してくる生ぐささ。

「……あ、でもちょっと元気出たかも」

空腹で脱力気味だった身体に熱が生まれるような感覚がある。もちろんまだまだ空きっ腹には変わりないが、多少は活力が出てきた気がする。

「ほうしのうはエーヨーマンテンりす。たべればたべるほどつよくなるりす」

「……胞子嚢って、ネズミだけじゃなくてコウモリとか虫もあるんだよな？」

「もちろんりす」

「もしかして、ゴーストウルフとか強いの狩らなくても、ネズミとか弱いやついっぱい狩れば安全にレベルアップできるんじゃね？」

「むずかしいりすね。あいつらはよわよわのクソザッコだし、ほうしのうもちっちゃいりす。ちょっぴりマシザッコのアベシューでも、レベルアップまでなんまんびきひつようになるか」

必要以上のディスられ感を覚えたので腹いせにこしょる。「ああっ……あたいがわるかったりすからぁ……！」とあえなく陥落。

「さすがにネズミ何万匹って何年かかんだよって話だよなあ……」

つまり、つよつよメトロ獣との対決は避けられないようだ。


隠れ家の整備作業と並行して、出入り口前での待機も日課になる。

この付近に単独でやってくる弱そうな獣のみを狩る――そのために、いつでも飛び出せる準備をして待機しておく。

「かるならゴーストウルフか、アオゴブリンりすね。どっちもこのフロアのメトロじゅうのなかではザコのほうりす」

「青ゴブリン？　え、ゴブリンいんの!?」

ファンタジー世界の申し子、モンスター界の殿堂入りザコキャラ。ゴブリンが東京に実在する？

「ぜんしんけむくじゃらの、サルっていうシュゾクのやつりす」

「あー、なるほど」

猿（さる）がモンスター化してゴブリンと呼ばれるようになったわけだ。ゴーストウルフといいカーバンクル族といい、メトロの生き物というのは基本的には前の時代から進化？　変異？　した存在のようだ。

「ゴブリンはミドリ、アオ、アカがいるりす。このフロアにいるのはアオとアカりす。アオはミドリよりつよいけど、ゴーストウルフとおなじくらいりす。カーチャンいわく、レベル10かちょっとうえくらい？」

「それでもだいぶ格上だなあ……」

どうせなら緑ゴブリンにお越（こ）し願いたかった。ゴーストウルフにしても青にしても、今の愁の三倍以上のレベルだ。まともにぶつかっても勝機はない。

「アカゴブリンはもっとやばいりす。レベル15いじょうで、きんのうをつかうやつがおおいりす」

「マジか（絶対無理やん）。ちなみにどういうの使うの？」

「みんなちがうりすね。きんしぶきだったり、きんしだまだったり」

「菌糸玉？」

「きんしのたまりす。なげるともえたりこおったりするりす」

「燃えたり凍(こお)ったり？」

「ほかにもたべるときずがなおったりパワーアップしたりするのもあるらしいりす。きんしだまはユメのカタマリりす。あたいのカーチャンももってたりす」

イメージが湧かないが、要は刀のような直接武器に対して、魔法(まほう)のような超常的効果を発揮する菌糸の球体といった感じだろうか。荒唐無稽(こうとうむけい)――と思うのは今さらか。

「タミコはそれ使えないの？」

「あたいはもってないりすね……オトメだから！」

リスガールの下ネタジョーク。しなをつくったポージングとともにドヤ顔。

ともあれ、圧倒的(あっとうてき)レベル差に加えてスキルも持つという赤ゴブリン。要注意どころか絶対に遭遇(そうぐう)したくない相手だということはわかった。

「じゃあ……出入り口の外にゴーストウルフか青ゴブリンが単独で出たら、腹くくって勝負って感じだな」

「ほねはひろってやるりす」

「お前も手伝えや」

そうして、出入り口前での張り込みを続ける。腹が空けばキノコをかじったり、ときおり居眠(いねむ)りするリスを頬袋(ほおぶくろ)むぎゅーっとして起こしたり。

張り込みを始めて三日目、このメトロに目覚めて四日目。ついにそのときが来る。

＊＊＊

「アベシュー！　おきるりす！　このねぼすけが！」

「んあ？　ちょちょ、リスビンタやめて」

タミコが押し殺した声で騒いでいる。頬をぺしぺし打たれてうとうと状態から引きずり出される。

「いるりす！　すぐちかくりす！」

「マジか……いよいよか」

心臓がどくんと跳ねる。全身が粟立ち、握りしめた手が震える。

初日以来の、メトロ獣との正面対峙。真剣勝負、命の奪い合い。

覚悟していたとはいえ、恐怖感マックス。ビビり不可避。

「……ゴーストウルフ？　それともゴブリン？」

「どっちもりす！」

「へ？」

「そいつらがたたかってるりす！　オオカミとサルはなかわるいりす、しょっちゅうバトってるりす！」

「なるほど……犬猿の仲ってやつか」

　メトロ獣同士の喧嘩……今の愁にとっては怪獣大戦争だ、のこのこ首を突っ込んだりしたら命がいくつあっても足りない。

「おわったところをやるりすよ！　さいごにたってたやつを、うしろからバッサリ！」

「なるほど……漁夫の利ってやつか」

　壮絶な殺し合いの末、消耗しきった勝者を不意打ちし、アガリを総取りする。

　卑怯にもほどがあるが、そこは弱肉強食の野生界。遠慮していたらいつまで経っても地上への脱出などかなわない。卑怯上等、やるしかない。

　てのひらに意識を集中する。しゅるしゅると糸が紡がれ、刀の形をなす。

　菌糸刀、ずっと出したままでいられたら新しく出す必要はないのだが、あいにく消費期限がある。数十分？　一時間？　正確にはわからないが、一定時間をすぎるとしなしなに朽ちていき、最後には砕けて塵になってしまうのだ。

　新品の白い刀身を目の前に掲げ……それでも勇気はなかなか奮い立たない。腕を食いちぎられたときの痛みと恐怖が甦ってくる。

こんなちっぽけな武器一振りだけで、果たしてあの化け物を仕留められるだろうか。

「アベシュー、てがふるえすぎてザンゾーをえがいてるりす！」

「ややややるしかないよな！　ちちち地上に出たかったらさ！」

柄を強く握りしめ、目を閉じること数秒。

大きく息を吸い、自分の頬をぺちっと叩く。

「行こう、タミコ。これが最初の一歩だ」


出入り口前の通りを左に進み、横道に入って少しのところで足を止める。タミコのように耳がよくなくても、すでに獣たちのおたけびは肌に浴びるほど近づいている。

「ガァアアアアッ！」

「キャアッ！　キャアッ！」

物陰からそっと覗く二人、男とリスは見た状態。数十メートル離れたところで、巨大な灰色の狼と青い毛並みの猿が組んずほぐれつ大格闘している。

ゴーストウルフと比較すると、青ゴブリンは小柄だ。身長一メートルそこそこ。全身くすんだ青色で、二足歩行の猿だ。

ゴブリンが持ち前のすばしっこさと獰猛さで、牙を剥いて掴みかかっている。噛みつき、引っ掻き、毛を毟る。

　それでも体格の差はいかんともしがたいらしく、ゴーストウルフの一撃を前に呆気なく吹き飛ばされる。あるいは大きな顎で首元を噛まれ、振り回されて壁に激突する。前評判以上にゴーストウルフが圧倒している。

　やがて青ゴブリンが血まみれで地面に伏せ、立ち上がる気力も失い——と、そこへ。

　奥から現れたのは二匹目のゴブリン。赤毛の猿——赤ゴブリンだ。

「キキャアッ！」

　絶叫とともに赤ゴブリンが駆ける。駆けながら腕を振るった瞬間——「ギャアウッ！」とゴーストウルフが顔をのけぞらせてうめく。

（——針？）

　赤ゴブリンが放ったのは、白く細長い針金のような武器だ。おそらく愁の刀と同じ、菌糸の針。それがゴーストウルフの目に突き刺さっている。

「キャキャキャキャッ！」

　距離をとり、両手で交互に針を投げる赤ゴブリン。出会い頭に片目をつぶされたゴーストウルフはかわすこともできず、全身に投擲を浴びてハリネズミのようになっていく。

「ガァアアウッ！」

一方的な展開になり、機は熟したとばかりに赤ゴブリンが地面を蹴る。両手に握る針を直接突き刺そうと飛びかかる。

勝負は決した——かに思われた。だが。

タイミングを合わせて跳躍したゴーストウルフの牙が、赤ゴブリンの首に絡みつく。けたたましい破砕音とともに地面に叩きつけ、首をへし折る。ゴキッ、という鈍い音が岩壁に反響し——動くものがなくなった数瞬後、静寂を自ら破るようにゴーストウルフが「ウォオオオオオッ！」と勝鬨を上げる。

「……大番狂わせかよ……」

赤ゴブリンが推定より弱かったのか、それともゴーストウルフの中でも強い個体だったのか。おそらく後者なのだろう。

とはいえ、勝者も満身創痍だ。身体中　血まみれ、身体中至るところに針が突き刺さったままだ。

（どうする、どうする？）

（あんなバケモンに勝てんのか？）

（手負いの獣が一番怖いって——）

「アベシュー……」

愁はタミコを肩から下ろし、両手で刀を握りしめる。

目をつぶり、大きく息を吐き、「あああああああもおおおおっ！」と頭の中でさけぶ。

開いた目は涙を交えて血走っている。

「――骨は拾ってくれ！」

物陰から飛び出し、一気に駆ける。かつてない勢いで周囲の風景が後ろへ流れていく。

口から意味不明なおたけびが発せられている。腰蓑一丁、おたけびをあげながら刀を担いで突貫する成人男性。

会社の人に見られたらもう一度入院させられそうだな、などと考えて笑いそうになりながら、愁は頭上まで掲げた刀を巨躯の狼めがけて振り下ろす。


「アベシュー！　ちまみれりすー！　しぬなりすー！」

甲高い声でぴーぴー泣くタミコ。

「だいじょぶだから……すぐ治るから……たぶん……」

壮絶な泥仕合となった。

相手は手負いとはいえ遥か格上、スーパーゴーストウルフ。それでも片目がないのをいいことにちょこまかと動き回り、チクチクと斬りつけまくった。レベルアップによる恩恵か、これまでの人生で最高にキレた動きを発揮することができた。

だが、敵の反撃もすさまじかった。豪腕の一振りでふっとばされ、体当たりで跳ね返され、爪で脇腹をえぐられ、左腕がちぎれる寸前まで噛みつかれた。まさに野生、生への執念を感じさせる抵抗だった。

それでもどうにか――本当にどうにか、勝利を拾うことができた。

何度も何度も頭を叩き斬られた狼は、舌を投げ出すようにして血溜まりに横たわり、もはや呼吸もしていない。

愁は自分の負傷具合を確認する。あまり直視したくないが、切り裂かれた肉から骨が見えている。かじられた腕は骨も砕けている。

だが――傷口の肉がじわじわと盛り上がり、出血を抑えている。

青黒いカビがかさぶたのようにまとわりついている――これが再生を促しているらしい。

この数日で何度か自傷して効果を確認したりしたが、今回のような全治何週間かかるのかという重傷でももりもり治ってきている。

(これも菌能、だよな)

(自己再生のスキル、か)

(ヘタしたら腕もげても生えてきそうだわ)

ゲームならまさにチート級の性能だ。

一・二分もすると出血は完全に止まり、痛みはあるが身動きがとれるようになる。狼よりも猿よりも自分が一番化け物のような気がしてくる。

「アベシュー、すごいりす。もとのツルツルのしおがおにもどっていくりす」

「塩顔言うなや。つーか、腹減った……」

猛烈な疲労感と空腹に襲われている。初日もそうだったが、再生には相応の栄養とかエネルギーを消費するようだ。

「アベシュー、なおったらほうしのうをえぐりだしてやるりす！」

「わかってるよ（さっきまで泣いてたくせに）」

「ぐずぐずするな！　ハリアッハリアッ！」

「どこの上官だよ」

――と。

「ぐあっ！」

とっさにタミコを庇うように飛び出したが、肩を思いきり殴られてふっとぶ。

「アベシュー！」

駆け寄ってくるタミコを後ろに庇いつつ、愁は片膝立ちになってそれと対峙する。

「……生きとったんかワレ……」

狼にかじり殺されたはずの青ゴブリンがそこに立っている。

青い毛並みは血まみれズタボロ、左腕はあらぬ方向に曲がっている。ぜえぜえと肩で息をしながら、それでも血走った目でギロリと愁たちを睨みつけている。

「キキャァアッ！」

青ゴブリンが怒声をあげる。血の混じった唾を飛び散らしながら。

愁は立ち上がろうとするが、身体に力が入らない。

傷はまだまだ完治していない。エネルギーが足りないのか、手放してしまった菌糸刀を新たにつくろうとしても、てのひらから糸が出てこない。

「やべ――」

青ゴブリンが飛びかかってくる。まっすぐに伸びてくる牙と爪を、愁は地面を転がって回避するが、アクロバティックに旋回した青い短躯が迫ってくる。その足の裏で腹を蹴り抜かれる。ベキッと肋が折れ、吹き飛んで背中から岩壁に激突する。

痛みにうめく口からぼとぼとと血がこぼれる。チビのくせに、死にぞこないのくせに、とんでもないパワーだ。

「アベシュー！」

愁の前にタミコが滑り込んでくる。庇うように立ちふさがり、青ゴブリンに向けて「シャーッ！」と牙を剥く。

「あああたいがやるりす！　あああアベシューはひっこんでるりす！」

「……ってもお前……」

（戦闘力ないって話だろうに）

「……だから……」

相手も必死だ。いつ動きが止まっても不思議ではない。それでも、怒り、怯え、憎しみ、恐れ――それらを綯い交ぜにした生存欲求が、殺気をこめた気迫として表れている。

愁は気圧されそうな弱気を噛み殺し、ぐぐっと腕に力をこめ、起き上がろうとする。

こっちだって同じだ。死力を尽くせ。

やらなきゃ死ぬ。それだけだ。

それがこのメトロの、今の俺がいる世界の現実なんだ。

そうして愁は顔を上げ――ふと、自分の指先が赤く染まっているのを目にする。

血――ではない。糸だ。赤い糸。

それが指先から生じ、しゅるしゅると形をなしていく。直径二・三センチほどの、赤い木の実のような球体だ。中心に白い模様というかマークのようなものがある。水滴のようにもヒトダマのようにも見えるマークだ。

「なんだこれ……」

「き、きんしだまりす！」

振り返ったタミコがさけぶ。

「これが……」

タミコが話していた、菌糸武器とは別の菌能の形――。

「キキャアアアッ！」

投げて効果を発揮するもの、食べることで効果を得るもの、だったか。

そう聞いたときには正直ピンとこなかった。

だが、こうして自分の手にそれが生じた今。

これがどちらの類なのか、本能的に理解できる。

これは――前者だ。

「タミコどけぇえっ！」

身体が自然と動く。どうすればいいのかを理解している。

腕を振り抜く。遠心力と手首のスナップ、そして放とうとする意志。

指先から剥がれ、赤い菌糸玉がまっすぐに放たれる。

飛びかかってきた青ゴブリンに空中でぶつかり、菌糸玉がぐしゃっと崩れた瞬間――ボウッ！　と鈍い爆発音とともに青い獣が眩しい火に包まれる。

「ギャァアアッ！」

青ゴブリンが焦げたにおいを撒き散らしながら地面をのたうち回る。呆然としていた愁だが、その隙に立ち上がり、菌糸刀を拾い上げる。

「うう……ああ……ああああっ！」

そこから意識が曖昧になる。とにかく必死にガムシャラに得物を叩きつけ、気づいたら血と焦げで赤黒く変色した青ゴブリンの無残な死体が目の前に転がっている。

「……はあ……はあ……」

呼吸も体力も、そして気力も限界を迎え、愁は膝から崩れ落ちる。タミコのキーキーとさけぶ声がやけに遠くに聞こえる。

「……シュー、アベシュー！　くちをあけるりす！」

なにかねっとりしたものを、口元にぐいぐいと押しつけられている。

言われるままに口を開くと、間髪入れずにねじこまれる。一瞬にして生ぐさが口いっぱいに広がるも、切実にそれを欲していた身体が無意識のままに咀嚼し、飲み下す。

食道を通って胃に落ちたそれが、優しい熱になって身体に染み渡っていく。気力が、体力が、活力が戻ってくる。

「……タミコ……」

「アベシュー！」

目の前に、ちんまりシマリスの泣きそうな顔がある。見れば彼女の身体は血まみれだ——彼女自身の血ではなく、おそらく先ほど愁が口にした胞子嚢、あれを死体から摘出したせいだろう。

「うぐっ！」

「アベシュー！」

急激な緊張が全身を襲う。痛み——というより筋肉や骨の強いこわばりだ。それも一瞬で綺麗さっぱり消えてしまう。なんの余韻も残さずに。

「……だいじょぶだよ、レベルアップしたみたい」

「よかったりす！　びゃー！」

愁の鼻面にしがみついて泣きわめくタミコ。背中をつまんで離すとぴろーんと糸を引くタミコ汁。

愁たちを囲うように、獣の死体が転がっている。ゴーストウルフ、青ゴブリン、そして赤ゴブリン。

菌糸刀の切っ先でつんつんつっついてみる。三匹ともぴくりとも動かない、完全に死んでいるようだ。

「すごいりす！　ダイショーリりす！　タイリョーりす！」

今泣いたリスがもう笑う。キーキーはしゃいで踊るタミコ。一緒に踊りたいところだが、今はほっと気が抜けすぎて、その場にへたりこむことしかできない。

「……生き残った……」

まさに命がけの死闘だった。こうして無事でいられる今が信じられない。

初日の狼のときはほとんど実感がなかったが、今回の経験は人生史上最も凄絶で過酷で――最も脳汁が出たことは間違いないだろう。

崖っぷちで発動した菌糸玉のスキル、燃える菌糸玉。文字どおりの隠し玉。

今回の勝利はもちろんそのおかげというのもあるが、それ以上に――「負けない」「生きる」という意志を貫けたからこそだった。ビビっても泣きそうになっても、それでも最後まで折れずに戦えたからこそだった。

自分のような凡人に、平成でのうのうと暮らしていた一般市民に、そんな底力を発揮できる日が来るとは――。

そうして得たものは大きい。レベル４への成長と、念願の胞子嚢。それも六つだ。

（……なんだろう）

ちょっと楽しいと思ってしまった自分に気づいて、愁は苦笑する。

思いがけず入手した、というか覚醒した〝燃える菌糸玉〟のスキル。

これにより「火起こし」という最重要にして必須の課題をクリアしたことで、愁たちのサバイバルライフは劇的に発展、文明開化の鐘の音が高らかに——。

いや、そんな風にはいかない。現実はそう甘くない。

そもそも「火でなにができる」「なにをすべき」という知恵自体がないのだ。そんなことを切実に思考する必要性が二十三年の人生で皆無だったから。

枯れ草の乾燥を試みては火事に発展しかけ、ネズミ肉を焼いてみては消し炭を量産し。隠れ家で焚き火して煙くさくなってタミコに説教され、そのへんの通路や小部屋で焚き火したら獣が寄ってきて即撤収。

そんなこんなで試行錯誤の日々は続く。トライアンドエラーで一進一退。

メトロ獣との戦闘も、飛び道具ゲットで即無双、というわけにもいかない。正面から相対すれば、敏捷性で勝る獣にはあっさり避けられてしまう。

思いつきでトラップに使用してみるが、においと見た目で警戒されて引っかかってくれない。ぽつんととり残された菌糸玉を前にしての、人間の面目丸つぶれ感たるや。

結局はタミコの耳を頼りに獲物を厳選し、タイマンに持ち込むのが日課となる。およそ二日三日で一戦のペースだ。

レベルアップで身体能力は明らかに向上している。筋力もスタミナも反射神経も。技術的にも、実戦に加えて素振りなどの基礎的な鍛錬を積んで磨かれていく。ド素人からドがとれた程度の自負は芽生える。

それでも、格上の獣たちの力にはなかなか及ばない。再生菌糸――どんな重傷でも治してくれる青黒カビを当てにして、負傷上等のカミカゼアタックで勝ちを拾う日々。その怪我が少しずつ減っていくことで成長を実感するのがやっとだ。

「ザコのアオゴブリンにくせんしてるようじゃ、まだまださきはながいりすな」

「ちなみにお前はレベルいくつなの？」

タミコにも少しくらい戦闘を手伝ってもらいたいところだが、「あたいはいたいけなショードーブツにすぎないりす」とここぞとばかりにリス感を主張して固辞された。確かに彼女はメトロ獣にも負けないすばしっこさを持つが、殺傷能力は低いらしい。

愁としてもこの唯一の相棒が狼のおやつになってしまうのは実務的にもメンタル的にも

耐えがたいので、結局愁が一人で身体を張る形になっている。

「このへんにチョーつよつよメトロじゅうがいなくてよかったりすな。もしもいっぴきでもいたら、アベシューはとっくのむかしにうんこりす」

「で、お前はいくつなんだよ？」

あくまで沈黙で応えるタミコ。腹立ちまぎれにこしょると「ああっ！　くるしゅうない、くるしゅうない！」とうっとり。

この階層の少し離れたところには、オーガやオルトロス、レイスやオニムカデなど、レベル50前後という（愁にとって）ラスボス級のメトロ獣がうようよしているという。そいつらから見ればゴーストウルフは子犬も同然。つまり愁などは他の小動物と同じくこの付近の生態系の底辺なわけだ。

そういった超強キャラがご近所にはびこっているこのオオツカメトロ地下五十階。今のところタミコの索敵と「あまり隠れ家から離れない」というリスクヘッジもあって遭遇は免れているが、万が一にもそんなことが起これば即詰みだ。

上を見たらキリがない、まずはそのクソザッコを乗り越えていくしかない。

そんな先の見えない毎日だが、戦闘に関して「劇的に発展」する日が訪れる。サバイバル開始から約一月半後、愁がレベル7に到達してしばらく経ったときのことだ。

ゴーストウルフを相手に、例によって負傷しながらの辛勝。もはや慣れた手つきで胞子嚢と毛皮を頂戴し、オアシスにちょいと寄ってから隠れ家へ。

タミコと並んで手を合わせ、「いただきます」をしてから胞子嚢を口に運ぶ。

当初は栄養バランス――塩分やビタミンの不足――を懸念していたが、一月以上経っても特に栄養不足を感じたことはない。胞子嚢は栄養満点とはタミコの言だが、もしかしたら卵を超える本物の完全栄養食だったりするのかもしれない。

「うおっ！」

相変わらずまずいそれをぺろりと平らげたとたん、身体に異変が起こる。

例のレベルアップかと思いきや、背中が熱くなってくる。背骨に直接熱湯を流し込まれたみたいに。

マジか、毒でも入ってんのか、などと焦るが、数秒もすれば熱は嘘のように引いていき、異変は完全に消えてしまう。

「どうしたりすか？」

「なんか今……背中が熱くなったんだけど、気のせいかな？」

「マジりすか⁉　せなかアツアツは、あたらしいきんのうゲットのあいずりすよ！」

「マジで⁉　新しいスキル出せるようになったの⁉」

にわかに期待感であふれる隠れ家。

「……で？　どうすりゃいいの？」

新しい能力を授かった。としても、使いかたがわからない。

「とりあえずだしてみるといいりす。あたらしいスキルでろでろってねんじるりす。きんしとうやもえるタマをだしたときみたいに」

「なるほど、やってみる」

てのひらを上向け、目を凝らす。

（出ろ出ろ――俺の新しいスキル出ろ出ろ――）

（ささやき――祈り――詠唱――念じるりす！）

勢い余ってタミコ語になってしまったが、しゅるしゅると菌糸が生じ、形をなしていく。

「うおお！　出た、出たよタミコ！」

「キーキー！　アベシューのあたらしいきんのうりす！」

二人して大はしゃぎ。嬉しさを全身で表現する青年とリスの適当ダンス。

「んで、これって……」

菌糸刀と同じ色と材質の、鍋蓋状の物体だ。表側は緩やかな円形で、裏側の中心から伸びた部分がてのひらに貼りついている。結構しっかり密着している。

力ずくでもぎとり、床に置いて菌糸刀で斬りつけてみる。硬度はほとんど変わらないようで、表面にほんの小さな傷がつくだけだ。

「……菌糸盾、ってところか？」

翌日の戦闘で、菌糸盾は想像以上の効果を発揮する。

襲いくるゴーストウルフの牙と爪をはじき、ガードしてくれる。殴りつければ牽制にもってこいだ。さすがにフリスビーキャッチはしてくれないが。

初めてのほとんど無傷での勝利をもたらしてくれた瞬間、青年とリスはこれまで以上に激しい舞いで喜びを表現する。

「ぜえぜえ……これ、結構いけるな」

「はあはあ……なかなかやるじゃねえりすか。そのチョーシでやってけりす」

「イエッサー……いやだから、お前はレベルいくつなの？」

＊＊＊

目覚めた日から毎日欠かさず、隠れ家の部屋の壁に正の字カレンダーを刻んでいる。

今日で正の字は三十六個目。つまり、覚醒から半年が経ったことになる。

人間、死ぬ気になればなんでもできるものだ。

愁は改めてそう思い知っている。やっていることはもはや自分の知る人間の範疇を大きく超えているが。

最初の頃は狼の前に立つたびに足が震え、あちこちかじられ引っ掻かれ大怪我を負いながらのギリギリの勝利で食いつないでいたのに。今では——。

愁はゴーストウルフの前に佇んでいる。腰蓑はすでに卒業し、今では彼らの同胞の毛皮を加工した服を身にまとっている。

「ガァウッ！」

対峙するゴーストウルフが吠える。相手を射すくめる強者側のそれではなく、警戒して「こっちに来るな」と突き放すような声だ。その証拠に、ぐっと身を屈め、下から睨め上げるような体勢になっている。

「——やろうか。恨みっこなしな」

愁は左手を突き出す。てのひらからするすると生じるのは防御の要、円形の菌糸盾だ。

右手の指先には赤い菌糸玉。盾を前に構え、右手を振りかぶり、手首のスナップを利かせて燃える玉を飛ばす。

ゴーストウルフが横にステップする。ボンッ！　と地面が爆ぜる。瞬間的に立ち昇る炎にも怯まず、そのままゴーストウルフが突っ込んでくる。

「ふっ！」

頭を噛み砕こうと迫るその顎を、愁は盾で殴るようにして逸らす。推定二百キロの全体重をかけた突進だが、愁はわずかにあとずさるだけだ。

相手がすたっと着地すると同時に、愁は三本の指先にぽぽぽっと再び燃える玉を生じさせる。スナップスロー、三つの小爆炎。それをことごとくかいくぐり、ゴーストウルフが横に回り込んで距離を詰めてくる。

愁は菌糸刀を生み出す。袈裟に振り下ろす。

一太刀で首を刎ねるにはじゅうぶんな膂力の一撃を、ゴーストウルフはその口で受け止める。

「うおっ！」

マジか、と愁は一瞬たじろぐ。

左手の菌糸盾はすでにてのひらから切り離している（もぎとらなくても意思でそれができる）。代わりに二振り目の菌糸刀を出そうとする。

「アベシュー！」タミコがさけぶ。「後ろ――――！」

背中がぞわりと粟立つ。

振り返ったとき、二匹目のゴーストウルフが大口を開けて眼前まで迫っている。

「ぬお――――！」

ほとんど反射的に、左手の人差し指から菌糸玉を放つ。赤い繭が二匹目の口の中へと吸い込まれ、ボンッ！　と燃え上がる。

牙を放した一匹目が爪を伸ばしてくる。愁はそれをくぐってかわし、下から刀を突き上げる。白い切っ先が分厚い皮膚を破り、肋骨を砕き、腹から背中へと通り抜ける。ぷしゃっと血が愁の顔に降りかかる。

ゆっくりと、ずしん、と地面に落ちる。そして動かなくなる。

「あー、焦ったー……」

少しチビりそうになったのは内緒だ。

（伏兵がいたのか）

これまでは文字どおりの一匹狼のみを標的にしてきたし、つがい連れや子育て中らしきやつらを見かけても向こうから襲ってくるようなことは一度もなかった。片割れを潜ませていたのは完全に予想外だった。

それに、まだ愁が低レベルだった頃ならともかく、今の愁の一撃を口で受け止めた。いつかの赤ゴブリンを圧倒した個体のようなエリートだったのかもしれない。

「こいつ、アベシューがたたかうおとで、じぶんのあしおとをころしてたりす。あたいもきづかなかったりす」

事態が収まったのを察して、タミコがとことこと駆け寄ってくる。

「なるほど……向こうも対策を練ってたんかな」

燃える玉を食った二匹目は、顔面をぐしゃぐしゃにして、目玉も飛び出ているが、まだもぞもぞと身じろぎしている。「ごめんな」と愁はつぶやき、その首に刀を振り下ろす。

＊＊＊

このオオツカメトロ地下五十階は、とてつもなく広いらしい。

これまでに愁の行動範囲は初期の数倍に広がっているが、タミコに言わせればそれでもまだまだ「このフロアの片隅」らしい。全体で端から端まで十キロくらいあっても驚かない覚悟はできている。

それでも、愁たちの生活が隠れ家周辺とこのオアシスを中心にしているのは、半年経った今でも変わっていない。

「なんだかんだ、ここでの暮らしも慣れてきちゃったなあ」

二人はオアシスの水場で胞子嚢をもちゃもちゃと頬張っている。このまずさにも多少慣れてきているのはいい傾向なのかどうなのか。まったくおいしいと思えないのは相変わらずだが。

タミコは耳を立てたままだ。近づいてくるメトロ獣の気配を逃すまいとしている。頬袋をぱんぱんにしつつ首をきょろきょろ回す様はまんまリスだ。

「もしゃもしゃ……アベシューはつよくなったりす。きょうもまあまあがんばったりす。それもこれも、あたいのてきかくなしどうがあればこそりす」

「もうお前よりレベル高いけどな」

菌糸盾の菌能をゲットしてから、戦闘の安定感が激増。ゴーストウルフと青ゴブリンのみに的を絞って狩り続け、半年。

愁はレベル17にまで達している。ちなみにタミコは14だ。

身体能力の向上にかかわらず、体型は多少細マッチョになった程度だ。明らかに筋肉量と筋力が釣り合っていない。成長しているのは筋肉そのものよりも、身体に寄生している菌糸のほうということか。それと、今はまだ実感はないが、菌能もレベルにつれて威力や性能が上がっていくらしい。

「とはいえ、さすがにあいつらだけじゃレベル上がらなくなってきたかなあ……」

最近はほぼ毎日一匹ずつ獲物を狩れているが、レベル13あたりから明らかにペースが落ち、最後のレベルアップから半月以上が経過している。

ネズミを何匹仕留めてもダメだったのと同様に、狼や青猿もこれより先の成長の糧には力不足になってきたのかもしれない。

「まあ……つっても贅沢な悩みか。毎回死ぬ思いして狼狩ってた頃とくらべれば……」

ペースを上げるというのも手の一つではある。ただそうすると、このフロアの狼や青猿を激減させかねない気もする。

これがゲームではなく現実だと思い知る事実の一つとして、モンスターもといメトロ獣は「どこからか勝手に湧いてくるわけではない」という点がある（最初の起源がどうだったのかは知らないが）。生殖器官を持っている彼らは、きちんと己の性をもって繁殖している。菌類も有性生殖だと高校の生物の授業で習ったのを思い出す。

一度、ひょんなタイミングで生後間もないゴーストウルフを見かけたことがある。べたべたの三匹の幼体がきゅーきゅーと母親を呼ぶ声はあまりにも子犬感満載で、一匹お持ち帰りしてチャッピーとか名づけたい衝動を抑えるのに必死だった。

カーチャンから受け継いだタミコの脳内カレンダーによると、今は十月か十一月くらいだという（どこまで当てになるかは本人も微妙とのこと）。地下深くのためか、ここでは夏でも秋でもほぼ気温の変化がなく、獣たちもわりと季節関係なく旺盛に繁殖しているようだ。愁一人で一つの種を駆逐できるほど数が少ないわけではないと思われる。

とはいえ、あまり集中して特定の種を狩りすぎてしまうと、このフロアの生態系になんらかの影響を与えてしまうかもしれない。

別にエコロジカルな思考でそれを危惧しているわけでなく、他の強力なメトロ獣たちにどう影響するかが心配なのだ。未だに遭遇すら恐れるオーガやオルトロスなどの推定レベル50前後という化け物どもがこのあたりを跋扈しはじめないとも限らない。

「たしかに、オオカミやろうどもはすでにあたいらのてきではないりすね」

「お前は一度も戦ってないけどな」

レベル14という自己申告が本当なら、ゴーストウルフともいい勝負ができそうではある。戦闘向きではないということだし、絵面的にやらせるつもりはないが。

「せいかつもあんていしてきたし、もうちょっとこのまま、ザコかいでわがよのはるをおうかするのもいいりす」

「志低いわ」

火の扱いに慣れてきてからは、ここでの生活も潤いを感じられるようになってきた。

焼いた肉やキノコなどの温かい食べものは、調味料がないので味こそしないが、胞子嚢の味に慣れつつある舌には極上の贅沢品だ（今一番ほしいものは冷蔵庫でもスマホでもなく塩コショウだ）。

深緑色の菌糸植物をお湯につけたなんちゃってお茶も、嗜好品として灰色のメトロ暮らしに彩りを加えてくれている（湯を沸かす器などはコツコツと石を削ってつくったものだ）。

狼の毛を焼いた皮と藁紐で、簡単な上着やズボンや足袋をつくった。試行錯誤してカバンや膀胱を用いた水筒もつくった。立派なサバイバーだ。

とはいえ、安全を考えるといつでも自由に火を使えるわけではない。基本的には今も雑草食、キノコ食、胞子嚢食がメインの生活は変わらず、狼のモモ肉焼きなどの贅沢はよほどメンタルが切羽詰まったときだけだ。

「このままのペースで狼とかを狩っても、じゃあレベル50までどんだけかかるんだってなるしなあ。メトロでアラサー迎えるとかマジ勘弁だし、そろそろ次のステップに登っちゃってもいいんじゃないかね？」

「アベシュー、そういうマインドはゆだんをまねくりすよ」

「へ？」

「アベシューはちゅうとはんぱにつよくなって、チョーシこいてるりす。トーシローとチユーケンのまんなかあたりがいちばんあぶないりす」

「リスのくせに正論言いやがって」

「もうすこしレベルあがったら、アカゴブリンをメインにかるのもいいかもりすね」

「あー、あいつか……」

エリートウルフに噛み殺された個体のイメージが強いが、それでも推定レベル上は今の愁と同等かそれ以上だ。

「ゴブリンはいやらしいやつらりす。くさくてきたなくて、こざかしくてギャーギャーやかましくて、キショいわらいかたをして、ゴキブリでもオオカミでもなんでもたべるりす。あたいもなんどもおいまわされたりす。むかついてきたからネダヤシにしてやるりす」

「私怨かよ。やるのは俺なんだけど」

青ゴブリンは単体なら敵ではないが、複数相手となるとどうなるものか。それに赤ゴブリンは高確率で菌能持ちだ、なにをしてくるかわからないという恐怖感がある。

「ゴーストウルフのナワバリのはんたいがわに、ゴブリンどものナワバリがあるりす。そっちにいけばたくさんかれるりす。あいつらねんじゅうサカってやがるりすから、カリホーダイりす」

「なるほど」

「しんぱいなのは、かくれがからちょっとはなれてるから、ほかのつよいのとでくわさないかってことりすね」

「うーん、嫌(いや)だ……そのへんはタミコにきっちりさぐってもらいながらかな……」

「まかせるりす。アベシューはよわニンゲンだから、きちんとだんかいをふんでいくしかないりす」

「よわが一個とれたね。進歩だわ」

「アベシュー、なやむまえにたべるりす。あたいはもうおなかいっぱいりす」

「ああ、お残し分を食べろってことね。遠慮(えんりょ)なくもらうよ」

リスの残飯も食べるという現代人にあるまじき食生活だが、常識やマナーなんて人間のいない空間では無用の長物だ。

残りの胞子嚢を食べ終えると、突然(とつぜん)背中が熱くなる。ほら、だから馬鹿(ばか)にならない。

「うおっ！　来たぞタミコ！　背中アツアツはスキル獲得(かくとく)！」

「やったりす！　アベシュー、さっそくためしてみるりす！」

（やべえ、久々すぎて嬉しすぎる）

菌糸盾以来、約四カ月ぶりか。

最初の低レベルだった頃の苦境から安定してきて、代わりにレベルアップのペースも落ち着いてきて、今では次のレベルアップが待ち遠しくなっていた。

目に見える形で着実にステップアップできる、それが自身の肉体にフィードバックされるというカタルシス。

画面を隔てたデジタルの世界を傍観する立場では味わえない快感だ。給料アップが毎月やってきたらこんな感じかもしれない。

「よし、じゃあ出してみよっか。タミコ、離れてろよ」

てのひらに意識を集中する。

（出ろ出ろ……俺の新しいスキル、出ろ出ろ……）

そして、しゅるしゅると現れた菌糸がまとまっていき、出現するニューフェイス。

「出た！　また菌糸玉だ！」

白い、やや乳白色がかった球体だ。大きさは燃える玉と同じくらい。中心に赤色の十字っぽいマークがある。

「アベシュー、ためしてみるりす！」

「あ、うん。投げる、食べる、食べさせる、だっけ？」

燃える玉のようにデリケートな扱いが必要な可能性もあるが、なんとなく危険な気配は感じない。本能的にそれがわかる。

タミコを後ろに下がらせ、数メートル離れた地面にぴっと放ってみる。

頭を庇う愁とタミコの前で、菌糸玉はぽとっと地面に落ちる。そして――なにも起こらない。やはり。

近づいて確認してみる。菌糸の繭がしおしおになって、腐葉土の地面にしみが広がっている。中に含まれていた水分が全部抜けたかのように。木の枝でつついてみてもなんの反応もない。突き刺してちぎってみても、ただボロボロと崩れるだけだ。

「やっぱ投げるじゃなさそうだね」

となると、食べるか食べさせるか。万が一毒だったりしたら自爆必至なので、申し訳ないが動物実験ということになる。

そこいらを歩いているネズミをさっと捕まえる（ネズミだろうとゴキブリだろうともはや抵抗なく素手で捕えられるメンタルだ）。もう一度白い菌糸玉を出し、口のそばに近づけると、ネズミはにおいを嗅ぎ、バリッとかじる。バリバリとかじる。もぐもぐ咀嚼する。ちょっぴり可愛く見えてくる。

「……なんともなさそうだな」

隠れ家に戻り、連れ帰ったネズミを引き続き観察する。狼皮の袋の中に閉じ込められたネズミに、三十分以上経っても異常は現れない。それどころか元気になってキーキーとじたばたしまくっている。これ以上はかわいそうなので出入り口の外に解放する。

「ちなみにタミコはあいつとしゃべれないの？」

「あんなチクショーといっしょにすんなボケ。ツルッツルのしおがおめ、いしころとでもしゃべってればいいりす」

「次の動物実験は俺たちだ。お前も食え、俺のタマを」

「やめろ、ドーブツギャクタイりす！　くっさいタマちかづけんな！　やめろ、やめ――うまいりす……！」

そのまましゃくしゃくと菌糸玉をかじるタミコ。

「もぐもぐ……とってもジューシー、ほのかにあまいかんじ……これがカーチャンのいっていた、ちじょうのスイーツ……？」

「違うと思うけど」

愁も自分でかじってみる。菌糸からじゅわっと半透明な液体がこぼれて、それがほんのり甘く感じられる。確かにまずくはないが、キノコっぽい生ぐささも残っている。自分由来のものをかじる、というのもなんだか変な気分ではある。

「毒もなさそうだし、かと言ってめちゃうまいわけでもないし……なんの能力だこれ？」

「でも、ちょっぴりげんきがでてきたりすよ」

確かに少し薬っぽいような、身体によさそうな味はしている。

もうちょっと検証したほうがよさそうだ。ちなみにタミコの顔はおかわりの菌糸玉も頬袋に詰めてパンパンになっている。

＊＊＊

これで愁は五つの菌能を習得したことになる。

第一の菌能、再生菌糸。

軽傷ならものの数秒で、重傷でも数分で元通りに再生してくれる。重傷の再生後には強い空腹に見舞われる副作用もあるが、それを差し引いてもチートというかバグかと思うほどの性能だ。その再生の限界は今のところまだ訪れていない（いたらすでに愁自身この世にいないが）。

百年間も今の姿のままで生き延びられたのはこの能力のおかげなのではないかと、最近思うようになっている。目覚めたときは全身このカビに覆われていたのだから、まったく無関係なはずはないだろう。

第二の菌能、菌糸刀。

愁のメインウエポン、菌糸製の刀だ。ややくすんだ白色の刀身で、刃渡りは五・六十センチくらい。材質は骨に似ていて、軽量だが驚くほどかたい。両てのひらや手の甲からも生み出すことができる。

基本的には手に握って使用するが、てのひらに生み出したまま突き刺すような使いかたをすることもある（結合部分が脆いのでそのまま振り回したりはできないが）。

第三の菌能、燃える玉。

愁にとっては貴重な遠距離攻撃手段だ。かたいものにぶつかると菌糸の繭が崩れ、小爆発とともに急激に燃焼する。

指先からスナップスローで放つのが基本だ（意思によって結合部分をぷちっと離せるので誤爆するおそれはない）。地面に隠して地雷的なトラップに使ったりもしたが、今のところ一度も成功していない。

第四の菌能、菌糸盾。

直径四十センチ超、厚さ五センチ超の円盾。菌糸刀と同じ強靭な材質で、ゴーストウルフや青ゴブリン程度の攻撃ではびくともしない。てのひらや手の甲に生やしたままでも結合部分は強く、とっさの使用にも耐える優秀な防御手段だ。

そして、第五の菌能、謎の白い菌糸玉。

甘みのある水分をたっぷりと含み、握ったり衝撃を与えたりするとじわっとにじみ出す。食べるよりその汁自体を舐めるほうが比較的うまいと判明。食べても特に害はなく、味からしてなんらかの薬効がありそうだが、具体的な効能は要検証だ。

＊＊＊

五つ目の菌能を習得した翌朝。

オアシスの水辺で身体を洗っていると、突然タミコがキーキー騒ぎだす。

「アベシュー！　ユニコーンりす！」

「またか……」

このところ、三日に一度くらいのペースで遭遇している。真っ白な毛並みと銀色の鬣、鋭い角を持った大型メトロ獣だ。

見た目がまんま馬なだけあってか、草やキノコを主食としている。肉は食わないらしく、自分から他の生き物を襲うことはない。

一切蹄の音をたてず、まるで地面の上を滑るように近づいてくる。聞こえるのは草木が踏まれるかすかな音だけだ。

動作に物音がないのは、タミコ曰く「そういう菌能を持っているから」らしい。だからタミコの耳にも引っかからないし、近づいてくるまで二人とも気づかない。

二人には目もくれず、他の水場に首を伸ばして水を舐める。鬣がキラキラと輝いて見える。他の一切を意に介さず、悠然と、まるで王者のように振る舞っている。

「……ユニコーンって強いんだよね？」

「べっかくりす。このフロアであのおかたにてをだすやつはいないりす」

「お方って」

「じぶんからはだれもおそわないし、おそわれてもスタコラにげるだけりす。だけど、マジになったらオーガもワンパン、いやワンキックりす。アベシューなんてホネものこらんりす」

「お前もな」

（どうにかして狩れないかな？）

（奇襲かけるとか、毒盛るとか）

その胞子嚢を頂戴できたら、どれほどの経験値になるだろう。馬の肉は生でもいけるし、角にしろ鬣にしろゲームなら高級素材になりそうだし――。

などと考えていると、その邪念を感じとったかのように、ユニコーンが顔を上げて愁たちのほうを睨む。愁とタミコはぶるぶる首を振る。

メイン通り――と名づけた隠れ家の前の線路道。

普段は狼を狩りに左に向かうが、今日は右だ。

「きょうはゴブリンむらのシサツだけりす。まだたたかっちゃダメりすよ」

「ゴブリン村か……うん、無茶はしないよ」

メイン通りはやや緩く弧を描いている。三・四分ほど進むと道が四つに分岐し、さらにいろんな形の小部屋大部屋へと複雑に枝分かれしている。鍾乳洞のような洞窟然とした広間や、配管の入り組んだ狭い通路を抜けると、その先がゴブリンたちの領域だ。

今後のレベリングと活動範囲の拡張のために、今日はそこまで足を伸ばす予定だ。もちろん危険も伴うので、いつも以上にタミコの索敵はビンビンにしてもらう。

道中で「迷子らしき」ゴーストウルフと戦闘になる。どうあってもお互いの気配を察せずにはいられなくて、結局は正面からぶつかってしまう。ユニコーンのような足音を殺す菌能を習得できると、狩りも楽になるかもしれない。

一分程度で仕留める。もうさんざん手の内は知り尽くしているし、身体能力も足の速さ以外では遅れはとらない。無傷での完勝だ。

「やっぱり強くなったよなあ、俺」

その場で胞子嚢を頬張りながら、愁はそんなことをつぶやく。

タミコの話ではないが、こんなときくらい若干調子に乗ってもバチは当たらない気もする。最近の完勝も、これまでの無数の負傷重傷を礎としてきたのだから。川になるほど血と汗と涙と尿を流してきたのだから。

「ふおおっ！　レベルアップりす！　あたい、さらなるたかみへと！」

むしゃむしゃ食べ進めていたタミコがビキビキッと身体を引きつらせる。これでタミコはレベル15、菌能は二つだ。

「おめでとう。俺の記憶が正しければ、この半年で三回目のレベルアップだよね。ってことは、会ったときはレベル12だったわけだ」

「まあ……そういうことりすな」

「ようやく認めやがったな。別に隠すことでもないのに」

「レディーのねんれいとレベルはナイショのほうがユメがあるりす」

「キャバ嬢か」

タミコの残りを愁がもらう。残念ながら今回も空振りだ。これで17になってからいくつ目だったか。なかなか先に進めないもどかしさがある。

「でも、アベシューのレベルアップははやいりす」

思っていたこととまったく逆のことを言われ、愁はちょっとびっくりする。

「あたいもあっというまにぬかれちゃったし、あたいのみるめはまちがってなかったりす。アベシューはすごいりす、がんばってるりす。あせらなくてもいいりす、アベシューならきっともっとつよくなれるりすよ」

にこっと笑うタミコ。彼女がこんな風にストレートに賛辞を口にするのは初めてだ。

愁は返答に詰まって、顔中が熱くなって、目を逸らす。まさかリスに褒められて舞い上がるほど嬉しくなる日が来るとは。

「まあ、他に比較対象がいないからわかんないけど……ここまで順調だとしたら、タミコのおかげってのもあるね」

「あたりまえりす。あたいがいなけりゃオマエなんぞとっくにオオカミのムゲンおやつサーバーりす。カンシャしてうやまえ、このダボハゼが」

「ボーナスタイム終了が早いわ」

さらに先に進むと、大人一人がギリギリ通れるほどの暗い通路がある。ここがゴブリン村への入り口だ。

「アベシュー、つぎのへやまでりす。ようすをみて、おおぜいいるならすぐににげるりす」

「わかってるよ。無理はしない……ん？」

通路の入り口の縁に、まるで飾りつけのように菌糸植物がいくつか生えている。その中で、ちょうど愁の膝くらいの高さに、見たことのない黄色い花が数本ある。ちょこんと小さくて可愛らしい。

「これ、初めて見るやつだ。タミコ、食べられるやつ？」

「え、あ――さわっちゃダメりす！」

「あ？」

タミコの制止で寸前に指を止めるが、爪の先が黄色の花とぶつかる。その瞬間――

ジリリリリリリリリリリ――！

「え!?　は!?」

花が高速で振動し、けたたましいベル音が発せられる。まるで火災報知機だ。

「なに!?　え!?」

タミコがばっと飛び出して、「邪ッ！」と黄色い花の茎をかじりとる。花の部分だけぽとっと落ちると、それでぴたりと音が止む。

「アホシュー！　おたんこなす！　みしらぬしょくぶつはウカツにさわっちゃダメっておしえたりす！」

愁の頬にぺしぺしと連続リスビンタ。

「ごめん、マジごめん。毒とかには見えなかったから……」

「いまのはベルランりす！　はなにさわるとおとがなるりす！」

そんな植物もあるのか。菌能並みに珍妙だ。

「あんだけでかいおとだしゃあ、サルどもがあつまってくるりす！　やばやばりす、やばたにえんりす！」

「百年後も残ってんのかよそれ」

ベル音はすでに止んでいる。なのに、あたりの空気がざわざわとしている気がする。

ボンクラの愁だが、この半年で磨かれた感覚が警鐘を鳴らしている（今さらだが）。危険が近づいている。

「きっとゴブリンのトラップりす！」

「くそ、猿知恵にしてやられたわけか」

「やつらがあつまってくるりす！　すぐにかくれがにもどるりす！」

「お、オッス！」

タミコを肩に乗せ、愁は走りだす。

＊＊＊

隠れ家までは距離にして一キロ超。今の愁の全速力ならすぐだ。

「キキャァアー――ッ！」

背後で甲高い声がする。首だけ振り返ると、二足歩行の青い猿が二匹、赤い猿が一匹追いかけてきている。案の定ゴブリンだ。

「キャキャッ！　キャキャキャッ！」

「くそっ、やるかっ⁉」

「ムリりす！　いまのアベシューでもさんびきはきついりす！　アカもいるりす！」

「確かに菌能持ちはやべえな！」

「ガゥウッ！」

横からゴーストウルフが飛び出してくる。タイミング的に愁たちとゴブリンたちの間に割って入る形になり、ゴブリンたちの追走が妨げられる。

「うおっ、ラッキー――」

二足歩行の猿と四足獣、体高で言えば両者ともそう変わらないが、体長や体重で言えばゴーストウルフが圧倒している。

「ギャギャッ！」

「キィアーッ！」

だが、三匹のゴブリンが果敢に飛びかかる。

赤ゴブリンが手から白い手斧のようなものを出し、激しく抵抗するゴーストウルフへと打ちつける。菌能だ、菌糸刀の手斧版。青ゴブリンも尖った石を握りしめ、ザクザクとめった刺しにする。

ゴーストウルフの痛ましい悲鳴が響き、その巨体が崩折れる。正味十秒もかからない。多対一とはいえ、いつぞやとは真逆の結果になった。

「……こっわ……」

その間に愁たちは通路の角まで差しかかっているが、ゴブリンたちが返り血まみれの顔を上げ、殺気立った目を向ける。愁は思わず背筋が凍る。再び走りだす。

「ぴぎゃー！　ヤバンりす！　ザンギャクりす！　だからゴブリンはきらいりす！」

「同意だけど耳元でさけばんでくれ！」

ゴブリンが興奮してキャッキャと騒ぎながら追ってくる。どこかであいつらを振り切らないと、このまま隠れ家まで招待してしまうことになる。

「ぜひっ！　ぜひっ！」

息を切らしながら必死に走る。あといくつか部屋をすぎればメイン通りまで――というところで、前方から飛び出してくる影（かげ）がある。青ゴブリンだ。

「マジかっ！」

（先回りされた？）

いや、木を削った棍棒（こんぼう）のようなものを持っている。三匹とは別の個体だ、他にも仲間がいたのか。

「キャキャッ！」

立ちはだかった青ゴブリンが棍棒を振り上げて威嚇（いかく）する。ここは通さないと言わんばかりに。

「くそっ！」

愁は足袋を破らんばかりにブレーキをかけながら、両手の指先から燃える玉を放つ。二つの赤い菌糸玉が爆ぜて炎を撒（ま）き散（ち）らす。怯んだ青ゴブリンに対して一気に距離を詰め、

「ふっ！」と菌糸刀で斬（き）りかかる。

白い刀身は棍棒で阻（はば）まれ、それを両断しながらも青ゴブリンの肩を浅く薙（な）ぐに留（とど）まる。

青ゴブリンがよろめき、それでも半分になった棍棒を手に飛びかかってくる。

「邪魔（じゃま）だっ！」

左手の菌糸盾で殴るようにはじき飛ばす。地面に転がった青ゴブリンに今度は愁が飛びかかり、胸に菌糸刀を突き刺す。

低い声でうめき、それでも愁へ向かって憎悪のこもった目を向け、手を伸ばす青ゴブリン。愁は刀をねじり、そのまま横に斬り裂く。それでようやく青ゴブリンは事切れる。

「アベシュー！　きてるりす！」

「わかってる！」

振り返ると三匹の姿が見える。甲高く鳴きながら飛び跳ねるようにして迫ってくる。

（ダメだ、逃げきれない）

愁は荒い息を整える。震える足を踏みしめて、刀と盾で身構える。

青二匹と赤一匹は歩を緩め、ぺたぺたと歩きながら十メートルほどまで近づいてくる。

武器を手に並び立ち、口の端を歪め、「キキッ」「キキッ」と短く言葉にならない声を交わし合う。

「アベシュー、あたいも――」

「俺がやる！　タミコは離れてろ！」

不安げに耳を伏せるタミコを指でそっとつつき、肩から下りさせる。

と、ゴブリンたちが足を止める。あと五メートルほどのところで。

その猿顔から表情がなくなっている。イタズラがバレた子どものように、身を縮めてあとずさる。

つられて愁も振り返る。そして、思考が停止する。

「……アベシュー、もうダメりす……」

タミコが震える声でそうつぶやく。

「キュウッ！　キュウッ！」

ゴブリンたちの怯(おび)えた声が遠ざかっていく。逃げたのだろうが、振り返って確認することはできない。

目の前に、真っ白な長身の影が立っている。

初めて見る。だが、その名前はタミコから聞いているし、すぐにこいつがそれだと気づく。

――レイスだ。推定レベル、50前後。

＊＊＊

ファンタジー作品でお馴染(なじ)みの、幽霊(ゆうれい)的なモンスターの一種、レイス。漢字を当てるなら〝幽鬼〟だったか。

もちろん目の前にいるのは半透明の霊体ではない。れっきとした生ける獣だ。その呼称はこの真っ白なローブをかぶったような外見からつけられたものだろう。

レイス。ユニコーンを除けば、オーガやオルトロスらと並ぶオオツカメトロ地下五十階における最上位の存在。

タミコの話によれば、少なくともレベル50前後。愁の三倍だ。

「……マントヒヒ……的な……？」

相手から露骨な殺気を感じられないせいだろうか。冷静に相手を観察する余裕が戻ってくる。

全身にまとう白いローブのようなそれは、長くてまっすぐな体毛だ。それが頭から手首足首までびっしりと覆い、力なく垂れ下がっている。

長髪から覗く顔は、骸骨を思わせるほどに痩せこけた大猿だ。まん丸い目は黒目だけが占めているように、あるいは真っ黒な穴のように見える。

身長は二メートル近くありそうだ。体毛のせいで体格は隠されているが、おそらくかなり細身だろう。腕が異様に長い。剥き出しの手足の先には節くれだった五本の指がある。

「……足音、聞こえなかったな……」

本物の幽霊ならともかく、こいつはメトロ獣、命ある獣だ。ゴブリンに注意が向けられていたとはいえ、愁もタミコも、その姿を見るまで接近に気づけなかった。

――菌能だ。ユニコーンと同じ、動作の音を消す能力。

どういう仕組みになっているのだろう。消音なんて菌糸と関係ない気もするが。

レイスはそのうろのような目で愁を見据えたまま、身じろぎ一つしない。呼吸による肩の上下動もない。本当に幽霊ではないかとさえ思えるほどに。

――いや、違う。この化け物の存在感は幻やまやかしなどではない。

強者が持つ暴虐的な威圧感とは違う、静けさの中に潜む底知れない不気味さ。

それを感じとる愁の肌は、全身ぐっしょりと大量の汗で濡れている。

こんなやつは初めてだ。

(――嫌だ、無理だ)

(絶対に戦いたくない、けど……)

このまま逃がしてもらえるとは思えない。戦いは避けられない。

「……タミコ、先に逃げろ。俺が時間を稼ぐから……」

愁はレイスから目を離さないまま、一歩あとずさる。

「……アベシュー、でも……」

タミコの声は泣きそうだ。

「――ボ」

レイスがわずかに口を開く。鉄パイプに空気を通したようなくぐもった声だ。

ゆっくりとその長い腕が持ち上がったかと思うと、その巨体が膨れ上がる。

――いや、違う。ただ一瞬のうちに、距離を詰めただけだ。体勢を変えず、瞬間移動かと思うほどのスピードで。

長い腕が斜めに振り下ろされる。

愁はとっさに盾を掲げて受け止めるが、衝撃が肩を突き抜け、頭から地面に叩きつけられる。バウンドして地面を転がり、仰向けになる。

天井のホタルゴケの光が、宇宙の果てほどに遠く感じられる。

――ここで死ぬんだな。

頭で、全身で、それを悟る。

「……かふっ……」

喉に詰まった息を血とともに吐き出す。だが肺が空気を受けつけない。

盾が砕けている。左の前腕が針金みたいに折れ曲がって、骨が皮膚を突き破っている。

肋骨も数本逝っている。もはや痛み以外の感覚がない。

「アベシュー！」

タミコの呼びかける声が聞こえても、起き上がろうという意思が湧かない。

「――ボ」

頭を掴まれ、引き起こされる。愁の足が浮く、身体が宙吊りになる。

「――ボ」

レイスが掴んだ手を引き寄せる。うろのような目が愁をぼんやり見つめている。

「ひっ……」

愁は恐怖で声を詰まらせる。

万力のようにゆっくりと、その右手に力がこめられていく。

「あがっ――」

愁の頭蓋骨がみしみしと軋む。反応を窺うように、レイスが首をかしげて覗き込む。

愁は震える手でレイスの手首を掴む。全力で握りしめても、その腕はびくともしない。

「あっ、あっ――」

視界が赤く染まっていく。ぱきっと不吉な音がして、こめかみから血が噴き出す。

「ああっ、ああっ――！」

「ぴぎゃー！」

甲高い声とともにタミコがレイスの腕に飛び乗る。

「クソエテコー！　アベシューをはなすりす！」

頭を白い体毛に埋もれさせる。かじりついているようだ。

「た、タミk――」

ばしん、とレイスのてのひらが自分の腕を打つ。

「――え」

ゆっくりとその手を上げると、右腕に赤いしみがついている。まるで血を吸った蚊をつぶしたように。

そこからぽとっと塊が地面に落ちる。丸まったタミコの血まみれの身体が。

「ああ――」

愁の中でなにかがふつりと切れる。

「――ボ」

「ああああああああああああっ!!」

でたらめにレイスの右腕を殴る。殴る。だが拘束は緩まない。

愁は手を止め、ぽぽぽっと指先に赤い繭を生じさせる。

「ざっけんなぁあっ!!」

それを直接、レイスの右腕にぶつける。

燃える玉だ。爆ぜる、三倍の火力で。

「ボッ!?」

頭を掴む握力が緩み、その隙に愁は力任せに振りほどく。

「タミコっ！」

タミコの身体をすくい上げようとして、右手首から先が吹き飛んでいるのに気づく。思い出したように激痛が脳みそまで突き刺さり、思わずよろめく。

顔を上げると、レイスと目が合う。虚ろな目はそのままに、目尻や眉間、というか顔中に血管らしきしわが浮き上がっている。三連燃える玉を浴びた右手首付近の体毛が焼け焦げているが、ほとんどダメージはないようだ。

「ボォオオオオオオッ！」

口を開け、まるでサイレンのような無機的なおたけびをあげる。明らかに怒っている。はっきりと殺意を感じられる。

そして、左手の指をそろえ、貫手のようにまっすぐに放つ。

ぎゅんっと大蛇のように伸びて迫るそれを、愁は脇腹をえぐられながらかわす。だが次の瞬間、衝撃は背中から襲いくる。

「げぽっ！」

愁の口から大量の血がこぼれる。

へその横からレイスの指が生えている。腕が関節の構造を無視して直角に曲がり、後ろから愁を貫いたのだ。

「ボボッ！　ボボッ！」

レイスが勝ち誇るように口元をにたりと歪める。目が真円から半円になる。

そのまま腕を収縮させ、だらりと弛緩した愁の身体をぐいっと引き寄せる。

かぱっと口を開く。耳まで裂けるほどに、一口で愁の頭をかじりとるほどに。

「――バカかよ」

愁は血と一緒に吐き捨て、その口に折れたままの左手を突っ込む。

そして、今度は愁が笑う。身を裂かんばかりの怒りをこめて。

「俺のタマ、食えよ」

その腕をレイスがかじりとるより先に、愁は生み出した三つの菌糸玉を握りつぶしている。

レイスの口から、鼻から、そしてうろのような目から。

轟音とともに光と炎が噴き出し、レイスの巨体が崩れ落ちる。

驚くことに、レイスはまだ生きている。

顔面が内側からちぎれ、目から血の涙を流しながらも、ばたばたと身悶えて暴れ狂っている。その拍子に愁の身体を貫く指が抜け、愁は地面に投げ出される。

「ンブゥッ、ンブゥウウゥッ！」

「……タミコ、タミコ……」

彼女はすぐそばで倒れたままだ。彼女は答えない。目を閉じて、小さな身体をひしゃげさせたまま動かない。

愁は再生途中の右手でどうにか彼女を持ち上げ、そっと懐に入れる。

彼女の倒れていたところには、菌糸の残骸が割れてちらばっている。

タミコ、第二の菌能、菌糸甲羅。

胴体に硬質な菌糸の殻をまとう、亀の甲羅のような見た目から菌糸甲羅と呼ぶ能力だ。

レイスにつぶされる寸前、彼女は菌能を発動していたようだ。

さすがは師匠。とっさに最低限のガードをしたのだ。

それでも、傷は深い。

（だいじょぶだ、タミコが死ぬもんか）

（死なせない、絶対）

そう自分に言い聞かせ、愁はよろよろと歩きだす。角を曲がる寸前に振り返ると、レイスはまだ破壊的にのたうち回り続けている。

＊＊＊

無我夢中で隠れ家の穴に潜り込み、足で蓋用の瓦礫を動かしてふさぐ。

小部屋に入ると、愁は膝から崩れるように座り込む。

「ふうっ、ふうっ……」

生きている。

生きてここに戻れた。

信じられない。あの化け物から逃げきれたなんて――。

改めて身体が震える。だが、安堵も興奮も後回しだ。今はそこに浸っている場合ではない。

再生した手でタミコを懐から出す。彼女の背中が血でぐっしょりと濡れていてぞっとするが、腹を貫かれた愁自身の血だと気づく。彼女を毛皮の毛布の上に寝かせる。

彼女の手足は不自然な方向に曲がっている。尻尾はだらんと投げ出され、真っ白で毛艶のよかった腹には血がにじんでいる。

「タミコ！」

呼びかけても返事はない。そっと首のあたりに触れてみると、まだぴくぴくと脈は感じられる。腹がかすかに上下している。生きている、まだ。

「タミコ、おい！」

さらに声を張り上げる。それでも彼女は目覚めない。弱々しい、短くて細い呼吸をかろうじて続けているだけだ。

「お前、魔獣なんだろ！　あんなクソザルのハエ叩きでノビてんじゃねえよ！」

どうすればいい。

動物の治療なんてしたことがない。怪我の具合を診断することさえできない。

とにかくありったけの薬を。これまでタミコの指示で集めてきた薬草を。

擦り傷切り傷向け、打撲向けの薬草をすりつぶし、タミコの身体に塗る。

傷の治りが早くなるという薬草の汁を、タミコの口に含ませる。ほんの少し喉を通るが、大半は口の端から漏れてしまう。

「タミコ……がんばれ……俺がなんとかしてやるから……！」

彼女を温めるようにてのひらで覆う。その手は震えている。

「俺を助けようとしやがって……」

弱いくせに、人一倍臆病なくせに。

「俺のせいで……俺が弱かったから……」

あのとき、完全に心が折れていた。

ビビって思考も止まって、死ぬことを受け入れていた。

実際そうなっていただろう。タミコがいなければ、タミコが庇ってくれなければ。

なのに。

「ざけんなよ……一緒に地上に出るんだろ、タミコ！」

なにか、自分にできることはないのか。

手が吹っ飛んでも腹に穴が開いても勝手に治るのに。

傷ついて苦しんでいる相棒を救ってやることもできないのか。

なにかないのか。こいつを治せるなら、なんだってしてやる。

レイスでもオーガでも狩ってやる。だから――。

「なあ、どうしたらいい？　お前がいなきゃ、俺は……タミコ！」

なんのための能力だ。
なんのためにこんな世界に目覚めたのか。
こんなわけもわからない世界に。
相棒ひとり救えずに、じゃあこの力はなんのために――。
「……え……？」
ふと、てのひらに球体が生えている。
第五の菌能、白い菌糸玉。
自分でそれを出そうと思ったわけではない。無意識だ。
（……これを……？）
そしてやはり確信があるわけでもなく、愁はそれをぎゅっと握りつぶす。
白みがかった液体がぽたぽたとこぼれ、タミコの全身に降りかかる。
「タミコ――」
液体はタミコの身体にスポンジのように吸い込まれていく。
血のにじんだ腹が洗われていく。
折れ曲がっていた手足が徐々に、正しい方向へと戻っていく。
けぽ、とその口から血の塊が吐き出され、そして――。

「……アベ、シュー……？」

タミコの目が開く。

愁はへたりこみ、拳（こぶし）を握（にぎ）りしめる。唇（くちびる）を噛（か）みしめる。

「……なんで、ないてるりすか……？」

「……泣いてねえし。汁が目にしみただけだし」

＊＊＊

第五の菌能、白い菌糸玉改め、治療玉。

菌糸の膜（まく）を破いたときに出る液体には、傷を癒（い）やす効果があるらしい。

その治療能力はかなり高いようだ。時間を置いて何度か液体をかけてやると、間もなくタミコは自力で起き上がれるまでに回復する。

「べんりなきんのうりすね。アベシューがいればケガもへっちゃらりす」

「俺自身は必要ないかもだけど、確かにこういうときには便利だな。つっても無茶はやめろよな、これ結構疲（つか）れるから」

こつこつ備蓄（びちく）していた食用植物やキノコは、今日一日で半分以上減ってしまっている。

愁が再生菌糸によって飢餓的空腹に陥ったのと、治療玉を生むたびに体力を奪われていったためだ。

菌能も無尽蔵にというわけにはいかない。「乱用は体力を消耗する」と初期の頃にタミコに教わっていたが、再生菌糸以外では今まであまり気にしたことはなかった。

この治療玉は菌糸刀や燃える玉よりも体力の消耗が遥かに大きいようだ。「自分で生み出して自分で食って空腹解消」という永久機関の実現は夢と消える。

タミコも腹がすいたようで、秘蔵のドングリタンポポを五つもたいらげる。こんなときのための備蓄だし、あの絶体絶命のピンチから生還できた自分たちへのご褒美としてもバチは当たらないだろう。

翌日。タミコはすっかり元気になるが、念のため狩りは休むことにする。

朝に愁一人でオアシスに行って水を汲み、野草とキノコをいくらか摘んで戻る。隠れ家からの外出はそれきりにしておく。タミコの聴覚索敵がない状態では事故が怖い。

手持ち無沙汰の一人と一匹、部屋でゴロゴロしてすごす。こんなときにスマホがあれば、なんて未だに思ってしまうのは遺伝子にまで根づく現代っ子気質のせいか。

「……そういやさ、タミコ」

「なんりすか？」

「今までなんとなく訊けなかったんだけど……お前のトーチャンは？」

これまでの断片的な身の上話を統合すると。

タミコはこのオオツカメトロ地下五十階で生まれた。現在五歳半。

去年までカーチャンと一緒にこの悪鬼ひしめく五十階の隙間を縫うようにして生き延びてきた。

タミコに言葉や知識や生きる術を教えたカーチャンは一年半前に亡くなったそうだが、そのあたりの経緯についてはタミコはあまり語りたがらない。

なんとなく、今ならそういう話もできると思った。

「トーチャンは……ちじょうにいるはずりす」

「地上に？」

「カーチャンはナカノ？　のもりでくらしてたらしいりす。あいぼうとであって、もりをでていっしょにぼうけんしてたらしいりす。ナカノにもどったときにオサナナジミ？　のトーチャンとさいかいして、ケッコンしたらしいりす」

「リスも結婚すんのか」

「リスじゃないりす。カーバンクルぞくりす」

「うん？　うん」

中野出身なのか。中野の森というと平和の森公園くらいしか思い浮かばない。

「でも、じゃあなんでこんなとこに？　結婚しても狩人の手伝い続けてたの？」

「……このオオツカメトロが、さいごのしごとのつもりだったらしいりす。だけど、カーチャンのあいぼうがしんじゃって、カーチャンはここからでられなくなったりす。そのあとにここであたいをうんだりす」

「なるほど……ここに来た時点で身重だったのか」

「あたいたちは、レベルがあがってもたたかいにはむかないまじゅうりす。カーチャンはレベル38で、でもどうにかアカゴブリンにかてるくらいだったりす。だから……どうやってもちじょうにもどるのはむずかしくて……」

「でもさ、カーチャンの話だと、メトロって深く潜るほどメトロ獣は強くなってくんだろ？　逆に上に戻れば弱くなってくわけだから、時間をかけてでもちょっとずつ上に戻ったほうが、ここに留まるより安全だったんじゃね？」

そういう意味では、昨日のレイスのような化け物に勝てなくても、やつらから最低限身を守れたり逃げられるようになれば、地上に戻れる芽は出てくるはずだ。

「……アベシュー、ごめんりす」

「ん？」

「あたいはひとつ、うそをついてたりす」

「嘘？」

「カーチャンのあいぼう、このフロアでオーガにやられたっていったりす。でも……ほんとはちがうりす」

「どゆこと？」

「それと――だまってたこともあるりす。あたいたちがうえにいけないのは、りゆうがあるりす」

「えっと、どゆこと？」

タミコは目を伏せて、少し間を置いてから続ける。

「かいだんをのぼったところには、ボスがいるりす。オニつよつよの、オーガもレイスもかなわない、ほんもののバケモノりす」

タミコの母とその相棒の狩人は、地下四十九階のボスと死闘を繰り広げた。

ボスの強さは想定の遥か上であり、狩人はその場で倒しきることを諦め、逃げることを選んだ。

しかしボス部屋の出入り口は「外側からしか開かない扉」のトラップになっていたため、

とっさの判断で五十階の階段へと逃げ込んだ。ボスというのはあくまで「特定の階層を縄張りにする強力な個体」という意味合いで、それを倒さないと先に進めないというものでもないらしい。

五十階で二人は負傷した身体の静養に努め、時間をかけて準備をした。もう一度ボスと戦い、勝利し、地上に戻るために。のちにタミコに受け継がれたこのフロアの詳細な情報は、そのとき狩人と母が集めたものだった。

一週間後、二人は再び四十九階のボスに挑んだ。

そして狩人は敗れた。

母は一匹で再び五十階に落ち延びた。そしてその後、タミコを産んだ。

「……カーチャンは、あいぼうににがされたりす。おなかのなかにあたいがいたから」

「ちなみに、タミコには一緒に生まれた兄弟とかはいなかったの？」

「きょうだい？　いないりす。あたいはひとりっこりす」

愁の知識ではリスは妊娠期間一カ月程度、平均して四・五匹は産むはずだ。その差はやはりリスではなく魔獣だからということになるのだろうか。

「そのあと、カーチャンはどうなったの？」

「カーチャンはずっとトーチャンにあいたがってたりす。だからきょねん、あたいがおおきくなるのをまって、いっしょにだっしゅつしようとしたりす」

「外側からしか開かない扉なんでしょ？」

「どこかにトビラをあけるスイッチがあるはずって、カーチャンはいってたりす。だけど、それをさがしてるうちにおいつめられて……さいごにカーチャンはオトリになって、あたいをにがして……」

ぽろぽろと涙をこぼし、ちゅんちゅんと鼻を鳴らすタミコ。

「なるほどね……それからタミコは、ずっと一人でがんばってたのか」

愁は壁にもたれ、天井を仰ぐ。

「にしても……ボスか……」

正直、知りたくない現実だった。

つい昨日、レイスに四分の三殺しされたばかりだというのに、それよりさらに強いやつが立ちはだかっているなんて。しかもスルーできる相手ではないようだ。

「ちなみに、ボスってどういうやつ？」

「スライムりす」

「スライム？」

ゲームならザコ敵の代名詞なのに。

「それって、アメーバ的っていうか、半透明でドロドロした水の塊みたいなやつ？」

「そうりす。めっちゃおっきくて、まるっこくて、きってもたたいてもビクともしないやつりす」

認識は合っているようだ。つまりスライム界のキングなりゴッドなりということか。

「どうしてそれを俺に隠してたの？」

「……さいしょにあったとき、アベシューはここでめざめたっていってたりす。なんもしらなくて、メンタルもよわよわだとおもったから、ショージキにはなしたらこころおれちゃうとおもったりす」

「確かに」

ボッチだったくせになかなか人を見る目があるし、気も利いている。確かに最初の時点でそこまで話されていたら、生きることを諦めていたかもしれない。

「つまり……ここのメトロ獣だけじゃなく、そのボスも倒せるくらいにならない限り、地上に出るのは難しいってことか」

いったん会話が途切れ、しばらく二人とも黙り込んだまま時間がすぎる。

すでに傷は完治しているようだが、念のためタミコへの治療玉のシャワーは継続している。「あまいりすあまいりす」と汁をぺろぺろ舐めるタミコ。飲んでも薬効があるかどうかは今後のネズミによる実験で確かめよう。

「タミコはさ、トーチャンに会いたいの？　だから地上に行きたいの？」

「それもあるりす。あってみたいりす。でも……」

タミコはこてんっと仰向けになり、天井を見上げる。

「……カーチャンからたくさんきいてるりす。ちじょうはとってもキラキラしたところだって」

「キラキラ？」

「たくさんのニンゲンがいて、めんたまがとびでるくらいおっきなまちがあって。ほおぶくろがおちちゃうくらいおいしいものがあって、てんじょうにはタイヨーっていうおっきなひかるキンタマがあって……」

「キンタマじゃないよ」

「よるはほしっていうコケのつぶがピカピカいっぱいひかって……みてみたいりす……」

想像の中の夜空を、目を細めてうっとり眺めるタミコ。

「それに……ちじょうにはイケてるオスがたくさんいるらしいりす」

「急に色気づいたなあ」

「あたいはよわよわだから、ここじゃながいきできないりす。いつかはここをでなきゃっておもってたりす。そんなときに……アベシューにあったりす。これがさいごのチャンスだとおもったりす……ぜんしんツルッツルで、かおもツルッツルで、なんにもしらないレベル1のくそよわニンゲンだったけど」

「がっかりさせて申し訳ないね。つか塩顔には触れるな」

「でも……それでも、アベシューでよかったりす。アベシューはいいやつりす」

愁が驚いて目を向けると、タミコは何度か小刻みにうなずく。

「なんとなく、カーチャンのいってたことがわかったりす。あいぼうってのは、いっしょにいるとワクワクで、ほっとするりす」

なんだろう。最近こいつにペースを掴まれているような気がしている。リスに照れ顔を見せるのは癪なので、治療玉の汁をかけてごまかす。「あまいりすあまいりす」とタミコはやっぱり舐める。

夜になり、ホタルゴケの光が青っぽく変わる。

二人して毛皮の布団の上に寝転がる。微妙に腹が減っているが、備蓄の食糧も減っているし、今食べると水も飲みたくなるし、そうなるとトイレに行きたくなる。ということで寝てしまう。寝るに限る。

「……アベシューは、ちじょうにいったらなにをしたいりすか？」

隣で仰向けになっているタミコがそんなことを言う。

「俺？　つっても……まずは外がどうなってるのか、この目で見て、誰かに会って話を聞いてからだよな……伝聞だけじゃあ外が今どんな世界かもよくわかんないし……」

タミコの話によれば、平成最後の年から百年が経過していることになる。一度世界は滅び、〝糸繰りの民〟なる人々が暮らしているという。

実際にこの目で確かめてみたい。生き延びた人たちに会い、話を聞いてみたい。それが最優先だ。

「それから？」

「それから……どうだろうね」

地上がどんな世界かもわからなければ考えようがない。ただ、こまごました欲望のようなものはある。

「そうだなあ……とりあえず焼き肉とかラーメンとかうまいもん食って、ビール飲んでベッドで寝て。あともっとマシな服とか着て、スマホがあれば動画見たいし……あとはこんな危険度ブラックじゃない仕事とか見つけて、あとは……けけ、結婚とか……？　あー、なんか考えるとちょっとやる気出てくるわな」

「かりゅーどはつづけないりすか？」

そういう選択肢もあるのか。職業として狩りを続けると。

「まあ……そのへんは出てから考えるよ」

それがどういう業態なのか、実入りはどれくらいになるのか。他のメトロはどれくらいの危険度なのか。他の狩人の意見なども参考にしないと決められない。

「いつかやれるりす、アベシューなら。アベシューはすごいかりゅーどになるりす。あたいのめにくるいはないりす」

「光栄だけど、狩人見るのは俺が初めてなんだろ？」

「だって、あたいがあいぼうだからりす」

愁は思わず噴き出す。彼女の白い腹を数秒こしょってやる。「まじめなはなしりす！まじめな……ああっ、そこもっとさわってぇ……！」と堕ちる魔獣。

「まあ、ド素人の一人と一匹。この半年、この地獄でどうにかやってこれたんだ。いずれはすごい狩人にでもならなきゃ、こっから出られないしな」

「そのイキりす」

「昨日は散々だったけど……明日からまたコツコツ鍛えていこう。狼を狩って、ゴブリンを狩って。いずれあのクソエテコーにもリベンジを……ってのは怖いからずっと先の目標ってことで。とりあえず、そんな感じで行こうか」

「りっす！」

「オッスみたいに言うな」

天井に向けて、ふうっと息を吐く。

正直、レイスのトラウマはしばらく残るだろう。

それでもやるしかない。

こうなったら、いくら時間がかかろうと構わない。

力をつけて、邪魔するやつはみんなぶっとばして、絶対に地上に出てやる。

タミコと二人で。

「それと……アベシュー……」

「ん？」

タミコが自分の尻尾を抱え込んでもじもじしている。トイレにでも行きたいのか。

「アベシューは……ケッコンしたいりすね？」

「いや、まあ……チャンスがあれば？」

「アベシューはあたいとちがってツルツルだし、あんまりこのみじゃないけど……（チラッ）でもせいかくはわるくないりすし、マジメりすし、かていをだいじにしそうりすし

「……（チラッ）」

「ん？」

「アベシューがどうしてもっていうなら……ほかにいいオスがいなかったら、あたいがケッコンしてあげてもいいりすよ？」

「無理じゃん？　お前リスじゃん？」

タミコが「邪ッ！」と飛びかかり、噛みつきながら回転して愁の頬をねじ切る。

それに自我らしきものが芽生えたのは、五度目の宿主の中でのことだった。

その寄生者は宿主の脳の記憶や能力をコピーし、蓄積することができる。初めの宿主はゴキブリだったから、自己認識などの高等な思考は望むべくもなかった。

ゴキブリの目から、触覚から、あらゆる感覚機能から、それを通して世界を認識していた。だが宿主の行動原理はほとんど本能のみに根ざしたものだったので、世界の事物の一つ一つの意味を知ることなどできなかった。その宿主の生が終わるまで、高速で通りすぎていく情報の波をただ無為に眺め続けるだけの存在だった。

宿主を捕食した別の生き物や、宿主の死骸のそばにいる別の生き物へと、寄生者は乗り移ることができる。その能力は言うなれば本能的なモジュールであり、思考や論理などは必要なかった。すべては本能が自動でそう処理してくれた。

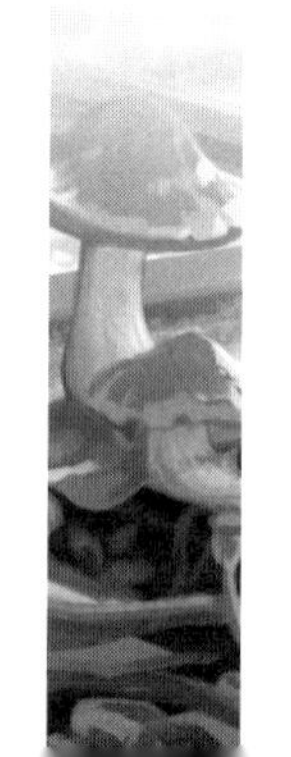

五度目の宿主は狼だった。それまでとは比較にならない脳の大きさを持つ宿主を得て、寄生者の自我はようやく日の目を見ることになった。

言語的な思考を得るまでには至らなくとも、自己存在の認識は、自分と世界を分ける境界を理解させ、狼の目を通して見る世界に点々としている事物の輪郭を捉えさせた。

餌、水、天敵、同胞、子ども、巣や縄張り、植物、洞穴、暗闇、かたい地面。

あるいは自身の感情や感覚――空腹、怒り、喜び、渇き、恐れ、苛立ち、痛み、音、におい、味――そういったものの意味を知ることもできた。

寄生者にはまだ、宿主の行動や思考などを制御することはできなかった。それだけの力もなく、意思もなかった。ただ宿主の生を追体験する影のようなものにすぎなかった。

だが――ある日宿主が見かけたものが、寄生者の自我を爆発的に成長させるに至った。

異種族の生き物だった。自分たちと同じ毛皮を羽織ってはいるが、体毛は少なく、猿に似て、二本の足で走っていた。宿主はそれを、息をひそめて観察していた。

追いかける赤や青のほうは宿主の狼にとっての天敵であり、互いに殺し殺される間柄だった。毛なし猿は足を止め、それと対峙した。戦おうとしているようだった。

やがて現れた白毛の巨大な猿に、その毛なし猿は打ちのめされ、つぶされようとしていた。この世界ではよくある光景だ、宿主は残った死骸にありつけるかどうかくらいにしか考えていなかった。

毛なし猿の死は明白だった。

だが――毛なし猿は抗った。必死に、その命を削るようにして。

頭をつぶされかけても、腕を吹き飛ばして突き放した。

身体を貫かれても、相手の口に手を突っ込んで報復した。

やがてそいつは逃げていった。ボロボロの身体を引きずるようにして。

残された白毛は死に至るほどの傷ではなく、宿主にとってはその状態でも脅威に変わりなかった。そこに留まる理由がなくなり、足音を殺してその場を去った。

寄生者の中に、明確な感情が一つ、灯っていた。

――美しい。

まばゆい火花のように峻烈なその生き様を、美しいと思った。

やがて、その宿主も死に、また別の宿主へと渡っても。

寄生者の記憶の中に、死を前にあがくあの毛なし猿の姿は残り続けた。

俵藤太こと藤原秀郷。

関東地方で大暴れしていた平将門と戦ったり、山よりでかい妖怪ムカデを退治したお伽話で有名な平安時代のスーパー豪族だ。若い頃にはヤンチャして流刑にも遭っていたらしい。

その俵さんがこの場にいたら、どんな感想を漏らしたことだろう。

「『キショい（りす）』」

愁とタミコのセリフがかぶる。

目の前でうぞうぞとうねる、三匹の巨大なムカデ。多頭の蛇のごとく一体の獣のように絡まり合っている。

胴回りの太さは愁と同じくらいだろうが、全長は軽く十メートルを超えている。黒光りした脂っこいボディー、鋭く尖った一対の触覚。キチキチと蠢くシンメトリーの脚、ぎらりと煌めく赤いハサミ状の尻尾。

そしてなにより、その顔。般若の面に似た色白の鬼のような顔を持っている。目は血に濡れたように赤く、唇の端から水平に閉じる鋭い牙が伸びている。

オオツカメトロ地下五十階を代表するメトロ獣の一種、オニムカデ。推定レベル45以上。隠れ家から一時間近く歩いたところにある、丸いトンネルが右へ左へと折れ曲がって続く薄暗いエリア。ここがオニムカデたちの根城だ。

「タミコ、下がってろ」

「アベシュー、きをつけるりす」

相棒が肩から離れるのを待って、愁は両手に菌糸刀を抜く。

さすがに緊張している。喉が渇いてひりついている。

一対一なら今やなんとでもなる。

けれど、三匹同時となると、一つのミスも許されない。

(だけど――やれる)

(俺なら、今の俺なら)

ぎゅっと柄を握りしめる手に力がこもる。身体を伝う熱が震えを和らげていく。

「……うっし、ムカデ退治としゃれこむかね」

「ギギ、ギギッ！」

円形の通路に螺旋を描くように、オニムカデが一斉に襲いかかってくる。

縦横無尽、上から下から、前から後ろから。

その顎が愁の肉をかじりとろうと迫る。

その触覚が愁の肉を引き裂こうと伸びる。

そのハサミが愁の胴体を両断しようと走る。

悪意の雨のごとく降りかかるそれらを、愁は紙一重でかいくぐる。かわしざまに両刀を振るう。

ちぎれた脚や触覚が飛び散る。濁った体液が撒き散らされる。「ギギギッ！」とムカデたちの鈍い悲鳴が響く。

背後から襲う顎を、愁は振り向かずに刀で受け止め、その勢いを借りてぐるんっとバック宙する。

「――恨みっこなしな」

空中でそうつぶやきつつ、両刀で挟み込むようにして頭を断つ。

一匹目を仕留めれば、迫りくる攻撃の密度は明白に低下する。必然的に回避と防御の機会が減り、相手を打つ機会が増える。間もなく二匹目のハサミを斬り飛ばす。

三匹目が怯んだように動きを止めた、かと思うと――その口から無数のトゲが吐き出される。硬質な菌糸のトゲ——菌能だ。

それらが地面に降り注ぐのと同時に、愁は十メートルほど後方に着地している。

一足で飛び退いたのだ。素の脚力ではなく、菌能の作用で。

さらに二匹目がうねりながら前に出て、真っ黒な煙を吐き出す。これも菌能、黒い胞子の煙幕、目くらましだ。

「——無駄だよ」

二匹の位置を、動作を、愁の脳は捉えている。

全身の力を脚に集約し、地面を蹴る。

綿のような煙を切り裂き、一瞬にして愁の身体は三匹目の眼前に迫っている。

刀身が正面から般若の形相を捉え、そのまま身体半分まで真っ二つに切り開く。

愁の起こした風が煙を払う。最後の一匹はすでに尻尾を巻いて逃げている。感知の範囲外に消えるのを確認してから、愁はふうっと肩の力を抜く。

「終わったよ、タミコ」

「けほけほ。おつかれりす、アベシュー」

どうにかほぼ無傷で切り抜けることができた。喜びと安堵で思わず表情も緩む。

「……くさくね、俺？」

「……くちゃいりすね」

体液まみれでべとべと、つんとした不快なにおいが全身を覆っている。一刻も早くオアシスで身体を清めたいところだ。

「その前に胞子嚢もぐもぐタイムだね」

「りすね」

二人そろって手を合わせ、解体作業にかかる。

哺乳類型であろうと節足動物型であろうと、メトロ獣はきちんと胞子嚢を備えている。種の違いによって多少味は異なったりするが、きっちりまずいことに違いはない。

「おっ、うおっ！」

二つ目の胞子嚢を食べ終えたところで、愁の身体に異変が訪れる。待ちに待った瞬間、身体ビキビキはレベルアップ。

「——来たよ、タミコ！　ついに！」

「おめでとうりす、アベシュー！」

二人はぺちっとハイタッチを交わす。そして、声をそろえてさけぶ。

「「——レベル50、到達（りす）！」」

＊＊＊

レイスショックから二年半が経ち。

愁が目覚めてから三年後――。

タミコの脳内カレンダーによると今は五月。相変わらず季節感はまったくないが、ここオオツカメトロ地下五十階で春が来るのをお出迎えするのも三度目だ。

「アベシュー、ユニおさんがきたりす」

「うん、わかってる」

愁とタミコがオアシスで歯磨き（歯ブラシは灌木の枝の房楊枝だ）をしていると、一頭のユニコーンが奥の通路から音もなく近づいてくる。

二人にとってはお馴染みの存在、角の先端がちょっぴり折れた個体、通称「ユニおさん」。相変わらず足音がしない、ユニコーンたちが持つ菌能の効果だ。

「おはよう、ユニおさん」

愁が声をかけても、ユニおは意に介さずに水辺に近づき、がぶがぶと水を飲む。愁たちとの距離は三メートルほどだ。彼（立派なアレを持つオスだ）がここまで近づくようになるまでに一年を要している。

とはいえまだ、愁たちに心を許してくれているわけではない。それ以上近づくと角を振り回して威嚇されるし、お裾分けした草やキノコも一切口にしない。

このユニおは遭遇率が一番高い個体だ。むしろ愁たちがいるときを狙って来ているような気もしている。それでいて近づかせないのだからとんだツンデレ馬野郎だ。

「ユニコーンって清らかな乙女にしか懐かないってファンタジー小説で読んだけど」

「あたいはオトメりすよ」

「うん？　うん」

「アベシューはドーテーりすか？」

「カーチャンそんな無駄な言葉教えんなよ」

「どうりすか？」

「いいから早く済ませるぞ……なんだそのジト目は？」

温厚で争いの嫌いなユニコーンだが、このフロアでは最強クラスの戦闘能力を持つ。だから彼らがここにいてくれると、必然的に他のメトロ獣も近寄ってきづらくなる。多少はこの水浴びタイムもリラックスできる。もちろん最低限の警戒は怠らないが。

と、愁の感知能力の一番端に、大きな気配が生まれる。その図体からしてゴーストウルフだ。タミコも音で気づいたのか、耳をぴんとしているが、お腹の白い毛をわしゃわしゃこする手は止めない。

「ゴーストウルフ見てもさ、いるなーくらいにしか思わなくなってきたな。油断ってわけでもないけど」

「りすね」

愁は今ではレベル54、習得した菌能は十三個に及ぶ。

覚醒当初は強力なライバルだったゴーストウルフやゴブリンも、正面からやり合えばもはや相手にならない。

「かるりすか?」

「向こうから来ないならほっとこう。戻って準備して、今日も狩りに行くか」

「りっす!」

＊＊＊

隠れ家からメイン通りを右に進み、突き当たりで枝分かれする道へ。ゴブリンの領域を抜けて一時間ほど進むと、端から端まで一・二キロほどもある広大な草原エリアに出る。

愁がレベル50を超えたあたりからの主戦場の一つだ。

ここには緑や紫の草花、巨大なツクシやゼンマイや猫じゃらしみたいな謎植物が生い茂り、虫や小動物の楽園になっている。いつ来ても霧が立ち込めていて空気が湿っぽい。コンクリートの太い柱が大木のように立ち並んでいて、その上にオーガが枯れ草で巣をつくっている。彼らがここの主であり、オルトロスやらオニムカデやらと年中生存競争を繰り広げている。

オーガ――黒い体毛を持つ二足歩行のゴリラ――は、このオオツカメトロ地下五十階でも指折りの殺傷能力を誇るメトロ獣だ。タフネスならオルトロスやレイスよりも優っているし、ゴリラ的なだけあって知能も案外高い。

オーガの草原に入ってすぐ、愁は全身から胞子を飛ばす。

第十の菌能、感知胞子。

原理はわからないが、自分の身体から目に見えない超微小な粒子（胞子だと推測）を飛ばし、それが付着したものの立体的な輪郭を感知することができる。

習得当初は半径三十メートル程度が精いっぱいだったが、今では半径五十メートルまで到達するようになっている。腕を振って指向性を持たせるように撒けば、局所的に距離を伸ばすことも可能だ。

感知した情報はとても直感的だ。説明が難しいが、視覚や聴覚などとはまったく別の、もう一つの感覚だ。背後のものも岩陰にあるものも、モーションキャプチャー的な世界として脳に直接感じられる。目を閉じていても耳をふさいでいても感じられる。そうとしか言いようがない。

なぜ付着した胞子の情報が自分の脳にフィードバックされるのかも、まったくもって見当もつかない。ぶっちゃけオーバーテクノロジーすぎる。

これを習得したのが八カ月前だが、能力を使いこなせるようになるまで二週間以上かかった。以降はタミコの聴覚網にもかからない敵の接近にも対応できるようになったため、二人の狩りの安定感が増すことになった。愁がこれまで習得した十三個の菌能の中では、再生菌糸と並ぶチート級の便利能力だ。

無数の見えない胞子が噴射され、あたりの情報が脳に流れ込んでくる。右奥にある柱の上にオーガの存在を確認する。周りには他の個体はいないようだ。

「よし、あいつを狩ろう」

「アベシュー、ゆだんきんもつりす」

タミコを肩から下ろし、なるべく音をたてないように近づいていく。あと十メートルほどまで迫ると、柱の上に巨大な影がぬうっと立ち上がる。軽くジャンプして飛び降り、ドスンッ！　と重々しく着地する。

レイスよりもさらに大きい、二メートル半くらいはありそうな巨躯。無駄に盛り上がった胸板、丸太のように太い腕、ごわごわした黒い体毛、ぎらついた目と鋭い牙、額にはユニコーンよりも短くて太い角。

「……なんかイケメンだよな……」

その顔つきはキリッとしているように見える。戦闘に突入すると一気に化け物じみた表情に変わるが。

「ウホッ！　ウホッ！」

胸板をパーで叩くゴリラもといオーガ。愁たちを威嚇している。

「だいじょぶりす。アベシューならかてるレベルりす」

「だな。イケメンには負けてらんねえ」

愁は左手に菌糸盾、そして右手にハンマーを出す。

第六の菌能、菌糸ハンマー。

一メートル近い柄の部分は弾力があってしなるが、頭部はぎゅっと凝縮されたかのようにずっしりと重くかたい。体毛の防御力で刃の通りづらいオーガには、菌糸刀よりこちらのほうが有効だ。

「ホウッ！」

逃げるなら他の個体を狙うつもりだったが、こいつはやる気らしい。

愁はごくりと喉を鳴らす。

今までに何度もやり合ってきているとはいえ、油断できる相手ではない。

「恨みっこなしな」

盾を前に、ハンマーを肩に担ぐように構え、飛びかかる。


タミコの第三の菌能、リスカウターこと「相手の強さをざっくり測る能力」によれば、オーガはおおよそレベル50前後らしい（タミコ母の推定どおりだ）。なので、現時点で愁のレベルはオーガの平均レベルをわずかに上回っている。

ただしレベルは、あくまで「身体に根づく菌糸の強度」の指標にすぎない。実際的な能力は、種族によってその評価が異なる。向こうにはレベル差をくつがえすパワーとタフネスがある。

「ウホゥッ！」

オーガが腕を振り回す。空を切る音がえぐい、伴う風圧だけで身体が押される。

愁は受け止めずに回避に専念する。単純な力くらべではまだまだ敵わない。

「ふっ！」

隙をついて一撃、脇腹にハンマーを叩き込む。てのひらが痺れるほどの手応えがあるが、分厚いゴムのような筋肉に衝撃を吸収されるのがわかる。

ハンマーのおかげでリーチの差はほとんど埋められている。愁は相手の攻撃をかいくぐり、コツコツと小さく当てていく。膝を打てれば勝負は早いだろうが、腕が長く前傾姿勢のために足を狙いづらい。次善策でのレバーブローだ。

オーガはそれを意に介さずに一発ＫＯ狙いの大振りを繰り返すが、愁の七発目で一瞬動きが止まる。ひたすら同じ箇所に打ち込んだ楔が、ようやく相手の鉄壁にひびを入れたようだ。

「グゥウッ！」

八発目を受け、身体をくの字に曲げてあとずさるオーガ。愁もいったん距離をとり、呼吸を整える。

再生菌糸の能力があっても、相手は超怪力ゴリラ、一撃でももらえば形勢はひっくり返されかねない。それをかいくぐり続けた愁の背中は汗でぐっしょりと濡れている。

「アベシュー！　ほかのやつらがくるかもりす！　はやくやっつけるりす！」

「ああ、任しとけ」

基本的にオーガは群れず、家族でもなければ同種でも仲間意識は持たない。それでも暴力と血のにおいにつられて他の個体がやってくる可能性はある。早めにケリをつけなければ。

と、オーガの指先にしゅるしゅると菌糸が生じ、球体をなす。

「そいつ、きんのうもちりす！」

紫色の毒々しい菌糸玉を、自分の口に運ぶ。二・三回噛んで呑み込む。

「ホォオオオオッ！」

興奮し、胸を反らせて吠える。目が血走り、よだれがだらだらと垂れている。

「やばいやつじゃね？」

「パワーアップりす！　きをつけるりす！」

ドーピングというか、ゲームでいうバフ系の能力か。精神的にもガンギマって圧力が増している。

オーガが飛びかかってくる。ドガッ！　と殴りつけた地面がえぐれる。寸前で飛び退いた愁がハンマーを頭に叩きつける。角の先が折れて欠けるが、オーガは怯まずさらに腕を振り回す。

「くおっ！」

気圧されて体勢が崩れる。そこへ毛むくじゃらの腕が振り下ろされる。直撃コースだ。

第九の菌能、跳躍力(ちょうやくりょく)強化。

地面を蹴って斜め後(ななうし)ろに跳(と)ぶ。草花を蹴散(けち)らしながら滑(すべ)り込むように着地。互いの距離が開き、オーガがいったん間を置く。血走った目はそのままに、荒(あら)く息をついている。体力を消耗(しょうもう)しているらしい。

持久戦に持ち込むほうが安全かもしれない。

けれどタミコの言うとおり、時間をかければ他の獣がやってくる恐れもある。

「……出し惜(お)しみなしでいこうか」

愁は左手の菌糸盾を放(ほう)り捨て、指先に灰色の菌糸玉を生じさせる。

第十二の菌能、煙幕玉。

スナップスローでそれを投げ放つ。オーガの手前、足下(あしもと)に。

ボフッ！　と灰色の煙が上がる。もうもうとオーガを包み込む。

その姿は見えなくなるが、愁はそれを認識(にんしき)することができる。ウホウホと戸惑(とまど)うその声のせいではなく、感知胞子の能力で。

ハンマーを両手で握(にぎ)り、ぐぐっと膝を曲げる。

腿(もも)やふくらはぎの筋肉にまとわりつく菌糸の力を感じる。跳躍力強化。

一直線にオーガへ向けて跳躍。灰色の雲の中へと突っ込んでいく。

オーガが愁の接近に気づくより一瞬早く、菌糸ハンマーがオーガの顔面に到達する。ダッシュの勢いと全体重をかけた一撃。さすがのオーガも上体を大きくのけぞらせる。

愁は声を発さない。目くらましの意味がなくなるから。

それでも胸の内でおたけびをあげる。

おたけびとともにハンマーを叩きつける。

でたらめに振り回される腕をかいくぐり、叩きつける。叩きつける。

打撃を全身へと散らす。胴体や足へは細かく小さく打ち、頭を打つときは思いきり。

やがて煙幕の雲が散っていくと、顔中血まみれのオーガの姿が現れる。まだ二つの足で立ってはいるが、意識は朦朧としてふらふらと揺れている。

「……ごめんな。楽にしてやっから」

愁は菌糸刀をとり出す。身体に柄尻を引きつけ、全力で突きを放つ。動きを止めたオーガの喉仏にそれが吸い込まれ――ようやく勝負は決する。

オーガの肉は、正直まずい。かたくてくさみが強く、すっぱいにおいもする。煮ても焼いても食べられない。

手早く胞子嚢だけを摘出して、このオーガの巣だった柱の上に登る。自分を殺した相手に家まで奪われたとなると不憫にも思えるが、そのうち別のオーガが巣をつくるだろう。

タミコと背中合わせになり、周囲を見張りながら胞子嚢を頬張る。ゴーストウルフのそれよりも一回り大きいが、愁もタミコも一つをぺろりとたいらげる。もちろんうまくはない。

「タミコ、大きくなったよなあ」

この三年で体長にして四・五センチは伸びている。今では大きめの胞子嚢でも一つや二つきちんと残さず食べられる。体積的にはタミコの胃袋以上のはずではあるが、そのへんはツッコんでもしかたない。

「そだちざかりだったりすかね」

「タミコって八歳だっけ？　どういう成長曲線なのかわからんけど」

普通のリスの寿命はおよそ七年程度だが、タミコ母は少なくとも三十五歳まで現役だった。人間と同じくらいの寿命はあるのかもしれない。

「カーチャンは身長とかどんくらいだったの？」

「いまのあたいとおんなじくらいだとおもうりす。レベルはまだまだおいつかないけど」

タミコは現在レベル28だ。

成長スピードが愁よりも遅いのは、種族としての差なのか、それとも体格的に摂取できる胞子嚢の量の差なのか。おそらく両方だろうと愁は見ている。

ちなみに菌能は四つ。

お馴染み索敵（さくてき）の要、聴覚強化。

亀（かめ）の甲羅（こうら）的鎧（よろい）をまとう菌糸（きんし）甲羅（こうら）。

目視した相手のレベルをざっくり推定するリスカウター。

そして、彼女にとって悲願の攻撃的（こうげきてき）能力。愁の菌糸刀さえ削れる前歯の超硬質化（ちょうこうしつか）能力だ。発動時には前歯が銀色に覆われるので、金属状の菌糸？　でコーティングしているようだ。


「タミコ」

「りす？」

「ゴーストウルフ、青ゴブリン、赤ゴブリン、ランドサハギン、デステンタクル、ヤドカリクイーン……少しずつターゲットを強くしていって、この階層トップクラスのオニムカデやオーガ、オルトロスなんかも狩れるようになってきたよね」

「りすね」

「俺（おれ）もタミコもだいぶ強くなってきたし、このへんじゃあタイマンなら対等以上に渡り合えるようになってきたよね」

「りすね」

「だからさ。そろそろ一度、ボスに挑んでみようと思うんだけど」

＊＊＊

愁は現在までに十三個の菌能を習得している。

第六の菌能、菌糸ハンマー。

オーガ戦での活躍ぶりのとおり、今では菌糸刀と並ぶメインウエポンだ。

第七の菌能、電気玉。

燃える玉の黄色バージョンで、砕けると周囲にバリッと電流が走る。ちょっとした雷魔法だ。

第八の菌能、菌糸大盾。

丸型の小盾である菌糸盾とは異なる、機動隊が持っていそうな長方形の大盾だ。強度的には円盾にやや劣るが、大きさのわりに軽くて広範囲を防御できる。飛び道具から身を守るのに便利な能力だ。

第九の菌能、跳躍力強化。

一時的に脚の筋力（あるいは菌糸の強度？）を増大させることができる。効果は一蹴りしか持続せず、連続使用には三秒ほどのインターバルが必要になる。やりすぎると若干筋肉痛になるという副作用もある。

第十の菌能、感知胞子。

胞子を撒き、半径五十メートル内を立体的に感知できる。これも持続時間があり、一度撒いた胞子は三分前後で脳へのフィードバックが止まる。胞子を撒き続けるにも少しずつ体力を消耗する。といった制約もあるが、やはり他の菌能とは一線を画すチート能力だ。

第十一の菌能、謎の菌糸玉。

緑色で白抜きの十字模様がある。効果は不明、投げても壊しても食べてもなんの変化も見られない。愁やタミコを含めた動物実験の結果、「食べても毒ではない」「薬っぽいスースーした味」ということのみ判明している。同じく十字模様がある治療玉と似ているので、なにかしらの薬効があるのではないかと推測される。

第十二の菌能、煙幕玉。

壊れると灰色の煙が撒き散らされる菌糸玉だ。逃亡や目くらましに便利だが、隠れ家で試して大惨事になった。

第十三の菌能、獣除け胞子。

感知胞子のように極小の胞子をばらまいているのは体感でわかる。その際にゴーストウルフやゴブリンが近寄ってこなくなった。オーガやオルトロスには効果がなかったため、「レベル差のある獣をビビらせて遠ざける」的な効果があると推測される。


「別に自惚れてるわけじゃないけど、俺も結構強くなったし、菌能もたくさん覚えた。カーチャンの相棒さんのレベルを超えるって目標も達成した。今ならボスに勝てないまでも、ちょっと戦って情報を集めて、危なくなったら逃げるくらいはできる気がするんだよね」

「カーチャンのあいぼうはレベル53で、それでもかてなかったりす。アベシューもきっとおなじくらいつよくなったけど、もうすこしきたえてからでも……」

「それもそうなんだけど……一度経験してみて、傾向と対策を練ったほうが今後のためにもなるかなって。防御系の能力と再生菌糸があれば最悪死ぬこともないだろうし」

　このメトロでの生活もすでに三年。今さら急ぐわけではないが、このフロアのメトロ獣とは対等以上にやり合えるようになっている。いよいよ新たな目標としてボスを設定しても分不相応ではないはずだ。

　それでもタミコは不安そうだ。彼女にとっては最愛の母を奪われた悪夢の相手でもある。トラウマになっていて当然だろう。

　腹をこしょると「まじめなはなしりす！　ふざけるなりす！　やめろ、やめ……やめないでぇ……！」とあえなく陥落。

というわけで、初めてボスに挑むにあたり、タミコは一つだけ注文をつける。

「このかいのボスをたおせたら、りす」

「この階にもボスいんの？　初耳なんだけど」

「ボスっていうか、オニつよの〝はぐれメトロじゅう〟りす」

「はぐれメトロ獣？」

タミコ母曰く、そいつは「本来もっと上の階にいるメトロ獣」だそうだ。それがなにかの拍子にこの階まで迷い込み、元の住処に戻ろうにも四十九階のボスにそれを阻まれ、たった一匹でこの階にとり残されてしまった。

そのままたくましく生き延び、力を磨き、いわゆる成長個体――年を経て飛び抜けた強さを身につけた個体として今も孤独に徘徊しているという。

「なんか……どっかで聞いたような境遇だなあ……」

なんとなくシンパシーが湧いてくる。敵というよりむしろ同志だ。

「でも、そいつのすみかはかいだんのほうにあるりす。たおしておいたほうがあんぜんりす」

「なるほど」

そうなると話は違ってくる。ボスチャレンジの道中で強敵に襲われるようなリスクは事前に排除しておきたい。

「んで、そいつはどういうやつなの？」

「ガーゴイルりす」

「おお、お馴染みのやつだわ」

ゲームやマンガでよく見かける。いわゆる動く悪魔像だ。

「いしのひふをもったデカデカコウモリりす。そらをとぶりす、めっちゃこわいりす」

「コウモリかあ……田舎でよく見たなあ」

行田の夕暮れの空を思い出す。なんとなくノスタルジック。

「そういや、今まで飛ぶやつとはほとんど戦ってないね。要注意だな」

後顧の憂いなくボスに挑むために、あるいは前哨戦としてはずみをつけるためにも、狩っておく必要がありそうだ。

「ちなみに、レベル的にはどんくらいでしょう？」

「カーチャンはあいぼうとゴカククらいっていってたりす」

つまり、現在の愁ともほぼ互角。単純比較はできないが、実力的には少なくともボススライムより下、オーガやオルトロスよりは上といったところだろうか。

よし、と愁は膝を叩き、うなずいてみせる。

「明日行ってみよう。そいつを狩れたら、その次はいよいよボススライムだ」

＊＊＊

メイン通りの右側はゴブリンやオーガの領域で、左側はゴーストウルフやオルトロス——二つの頭を持つ狼——の領域だ。メイン通りはその両者をつなぐ無数の連絡路のうちの一つになっている。

狼軍と猿軍。ゴブリン以外は同種同士での仲間意識は低いようだが、やはり犬猿の仲というべきか、両陣営はしょっちゅうぶつかり合っている。

どちらからでも四十九階への上り階段は行けるようだが、面倒の少ない狼側から向かうことにする。やつらはオラオラ系の猿どもよりも用心深く、多少は相手の力量を測る勘も持っている。加えてこちらには第十三の菌能、獣除け胞子もある。少なくともゴーストウルフのほうから襲いかかってくることはないだろう。

タミコも四年前に一度行っただけということで、完璧に道を憶えているわけではないようだ。なんとなくの方向で進み、行き止まりがあれば引き返す。

鍾乳石がゴロゴロしている部屋、水路脇の細い通路、昆虫系のメトロ獣の巣。三時間以上うろうろし、いろんなところに行き当たる。獣除け胞子が効かない敵と何度かぶつかるも、無傷のまま今日の目的地へとたどり着く。

「ここりす……」

「ここか……」

がらんとした空間だ。天井も高い。

足下にはうっすらと水溜まりが広がっている。そして等間隔に巨大な柱が並んでいる。コンクリート製の円柱だ。

ぴた、ぴた、とどこからか水の滴る音がする。空気がひんやりとして冷たい。薄暗くてカビくさいが、地下神殿のような荘厳な風情がある。あれを思い出す、埼玉にある地下放水路。

「こんなところもあるんだな……」

改めてメトロという場所の非常識さを思い知る。

「このへんのどっかにいるはずりす」

「オッケー」

感知胞子を飛ばしながら、水溜まりを避けて歩を進める。

半径五十メートル内に動くものはない。奥に、あるいは天井に目を凝(こ)らしても、それらしき生き物の姿は見えてこない。

今は留守なのかもしれない。あるいはどこかで息をひそめ、闖入者(ちんにゅうしゃ)に襲いかかる機会を窺(うかが)っているのかもしれない。

唾(つば)を飲み込み、手汗をしきりに拭(ぬぐ)う。柱に身を隠し、あたりを見回し、耳を澄(す)ます。どんな異変も逃(のが)すまいと身構える。

慎重(しんちょう)に、注意深く。

相手はレベル的にはほぼ互角。なめてかかれば、ボスに挑む前にここでゲームオーバーだ。

「……ん？」

大きな岩が無造作に点々と転がっている。

崩れた柱の残骸(ざんがい)のようなものもあれば、どこからか持ち込まれたかのような無骨な岩塊(がんかい)もある。

ぎぎぎ、とかすかに軋(きし)むような音がする。

「……アベシュー……」

「タミコ、終わるまで隠れてろ」

その耳障りな音は反響のせいで方向がわかりづらい。ただ、すぐ近くから聞こえてくるのはわかる。

（……来る）

斜め後ろから放たれたなにかを、愁は一瞥もせずにかわす。風を切る音が通りすぎるのと同時に振り返り、指先に生んだ燃える玉を投げ放つ。

ボンッ！　と小爆発。それを飛び上がるようにしてかわしたのは、先ほどまで岩塊に擬態していた生き物だ。

「ギィイッ！」

「……結構でけえな」

思っていた以上に大きい。体高はオーガほどではないが、バサバサと羽ばたく翼を広げれば七・八メートルはありそうだ。その巨体を浮かび上がらせるために、懸命に翼を上下させている。

コウモリというか、顔はドーベルマンのような鼻の尖った犬に近い。腕は翼と同化し、足の先には針のような鋭い爪が生えそろっている。

薄暗くてよく見えないが、体表は石を思わせる一面灰色だ。口先からぺろりと覗く舌だけが赤く色づいている。そして右目と右耳は火傷のようにケロイド状になっている。歴戦の傷痕だろうか。

（うは、こええ……！）

（こいつ、絶対強いやつじゃん……！）

愁にはタミコのリスカウターのような能力があるわけではない。だがこの三年、数えきれないほどの獣たちと命のやりとりをしてきた経験がある。

それに基づいた勘が告げている——こいつは強い。なめてかかればあっさり食われる。

愁は左手に菌糸大盾を、右手に菌糸刀を出す。腹の奥に居座るじりじりとした恐怖を、ぎゅっと握りしめる痛みで塗り替える。

「……うっし、恨みっこなしな」


頭上でバタバタと滞空していたガーゴイルが、カッと口を開ける。

先ほどのように甲高いおたけびをあげるのかと思いきや——愁の耳の奥に、直接針を突き刺されたような激痛が走る。

「うあっ！」

ひどい耳鳴りに自分の悲鳴さえくぐもって聞こえる。思わず身悶えた一瞬の隙に、視界からガーゴイルが消えているのに気づく。

それでも頭上から降ってくる巨大な立体を感知している。間一髪で横に飛び退き、踏みつぶしを回避。すぐさま床を蹴り、「ふっ！」と菌糸刀を振り下ろす。

ガーゴイルが足を振り上げる。爪が刀とぶつかり、ガッ！　と鈍い音をたてる。

（この手応え――）

強引に刀を払いのけ、ガーゴイルが再び飛び上がる。そして空中で足を振るい――三本の爪を放つ。愁の大盾に刺さるが、貫通するには至らない。

（爪じゃない、菌糸だ）

その証拠に、やつの足には再び爪が生えそろう。最初に愁を襲った飛び道具の正体がこれのようだ。

空中で距離をとったまま、ガーゴイルが再び口を開く。

「ぐっ！」

再び愁の耳に激痛。身体がぐらりと傾く。なんだこれ――と思う間もなく追撃が来る。

今度は身体ごとの突進だ。菌糸大盾で受けるも勢いで吹っ飛ばされ、背中から柱に激突する。思わず息が詰まる。

（もしかして――超音波とかいうやつ？）

指向性を持たせた音響攻撃か。死に至るようなものではなくても、痛みと平衡感覚の狂いで反応が遅れるのはまずい。
なにげにパワーもすごい。滑降の勢いありきとはいえ、こちらははじき返すつもりで踏ん張ったのに。

「いったんタイム！」

指先から灰色の菌糸玉を放つ。煙幕玉。ボンッ！　と煙が互いの視界を遮る。
柱の陰に身を隠し、呼吸を整える。精神を落ち着かせ、次の策を——。
背筋が凍る。大盾を放り出して横に転がる。間一髪、急降下してきた巨体が柱に激突し、鈍い音を響かせる。

（マジか、煙幕張ったのに）

（あ、つーかコウモリか。音の反響で周りを認識するんだっけ）

（じゃあ意味ねえじゃん。むしろ悪手じゃん）

愁も感知胞子があるとはいえ、無駄に視界を悪くしてしまった。しかたなくその場を離れ、さらに奥へと走る。
ぱしゃぱしゃと水溜まりを蹴る。このあたりは床一面水浸しになっている。
後ろからガーゴイルが追ってきている。直線上にその姿を捉えたのと同時に、またしても耳の奥を痛みが襲う。視界が揺らぐ。

「ぐうっ！」

足を止めた愁めがけてもう一度急降下。やつの必勝のコンビネーション。

――爪が愁の脇腹をかすめる。それに合わせ、愁も身を翻（ひるがえ）して相手の脇腹を薙（な）ぐ。

「ギィッ！」

怯（ひる）んだガーゴイルが飛び上がって距離をとる。すかさず愁は燃える玉を放つ。三つ同時のそれは狙いを外して柱に当たる。

（ちょっと戸惑ってるんかな？）

（必勝パターンにカウンター合わされたから）

かすかににやりとする愁の耳には、治療玉がぎゅうぎゅうに押し込まれている。

耳栓（みみせん）代わりの、たっぷり水気を含んだ菌糸玉。謎の超音波攻撃（ちょうおんぱこうげき）を完全に遮断（しゃだん）してくれるまではいかないが、その後の突進に対応できる程度には効果ありだ。

（んで――どうするか）

こちらの傷はすでにふさがっている。だが向こうのダメージも大したことはなさそうだ。

斬（き）った感触（かんしょく）からして、皮膚（ひふ）はかなりかたい。見た目どおりほとんど石に近い、きっちり腰（こし）を入れて振らないと肉まで断（た）てない。

かと言って、反応も移動もすばやい相手に遠距離（えんきょり）から菌糸玉を当てるのも難しい。相性（あいしょう）

的に距離を保った刺し合いは分が悪い。

（となると――ゴリ押ししかないか）

侮るわけではないが、こいつを正面から斬り伏せられないようであれば、この上にいるボスには到底届かない。

愁はぐっと身を屈める。脚に力をこめる。跳躍力強化で跳び上がる。

「ふっ！」

柱を蹴り、方向転換。ガーゴイルの側面をとる。袈裟斬りがわずかに相手の太ももをかすめる。

そのまま向かいの柱を蹴る。今度はガーゴイルもきっちりと反応する。爪と刀が交錯する。菌糸同士、火花は散らない。

次の柱に刀を突き刺して張りつく。そこを狙って爪が放たれる。大盾を出してガードし、跳躍力強化。柱を砕かんばかりに踏みしめて跳ぶ。

「あああああっ！」

かわそうとしたガーゴイルを大盾で殴りつける。ゴッ！　と鈍い衝突音。一人と一匹が空中でもつれて落ちていく。

「んがっ！」

愁は柱に刀を突き立てて制動、落下を免れる。ガーゴイルは床に転げ落ちて水を撒き散らす。

(――ここだ)

左手でピッと空を切る。

指先から放たれたのは三つの黄色い玉――第七の菌能、電気玉。

無造作にばらまかれたそれが明後日の方向に落ちる。そして――バチッ！　と床一面に迸る一瞬の閃光を生む。

あのへんの床は水浸しだ。電気がその上を通り抜けた。感電したガーゴイルが声もなく身体をのけぞらせている。やはり全身石像の化け物ではないようだ、石なら基本的に電気は通らない。

床に下りた愁は一気に距離を詰める。狙いすました振り下ろしの一撃、とっさに頭を庇ったその左の翼を斬り落とす。

「ギィイイッ！」

よろめいたガーゴイルが飛んで逃げようとするが、片翼では身体を浮き上がらせることはできない。途切れた翼の先から血が飛び散るばかりだ。

愁はすぐに呼吸を整え、刀を構え直す。あとでタミコに怒られる程度には無茶をした感があるが、どうにか飛ぶのを封じることができた。あとはいつもどおり、チクチクと削ってとどめを刺すだけだ。

なのに――。

苦痛に身をよじり、睨め上げるガーゴイルの表情に、それでも戦意は消えていない。相応の深手を負い、飛べるという優位性を失ってもなお。

「ギャアアアアアアッ！」

耳栓ごしでもびりびりと鼓膜が震えるほどのおたけび、そして全身をぶつけるかのような突進。両脚の爪を伸ばし、がむしゃらに振り回す。

「うおっ！」

その迫力に一瞬気圧された愁だが、左手に大盾を出して防御。空手家のように躍動的な蹴りを丁寧に捌き、隙をついて刀を叩き込む。腰から胸へと斜めに薙いだ一撃、硬質な皮膚が裂けて血が噴き出す。

「グゥ……ギャアアアッ！」

それでもガーゴイルは怯まない。牙を剥き出しにして組みかかってくる。

怒り、恨み、執念。生身の感情をぶつけるように前へ突き進む。

オーガを上回る凶暴性と圧力、命を振りしぼるかのような絶え間ない猛攻。

冷や汗をかきながら、皮膚や髪の毛を無数にちぎられながら、愁も正面からそれに応じる。

受け止め、かいくぐる。反撃に転じ、また防御に回る。

互いに足を止めての削り合い。鈍い衝突音が断続的に響く。足元の水溜まりが血の色に染まっていく。

右の翼、左脚の順にちぎれて飛んでいく。

終わりだ、と愁が思ったのと同時に、かじりつくような体当たりを受ける。

（こいつ）

血まみれで荒い息をつきながら、それでも喉の奥で凶暴なうなりを鳴らしている。

（まだ折れねえのかよ）

ガーゴイルがカッと口を開ける。至近距離からの超音波攻撃。

だがそれを読んだ愁は側面に回り込んでいる。余波を受けた痛みもめまいも、バリッと唇を噛んで耐える。

盾のかち上げで相手のバランスを崩し、脇腹から胸へと斜めに突き刺す。

キュウ……とガーゴイルの口から乾いた息が漏れる。よろめき、倒れそうになるが、足を踏ん張って懸命にこらえる。

「——悪いけど」

背中、肩、腕へと全身の力を伝わらせ、渾身の振り下ろし。

首から脇腹にかけて刃が通り抜ける。両断されたガーゴイルの身体が水溜まりに倒れ落ちる。


完全に息絶えているのを確認して、愁は身体の奥に溜まっていた重い空気を吐き出す。

ふらふらと柱にもたれかかり、目測を誤ってゴチッと頭を打つ。誰かに見られていたら恥ずかしいやつだ。

「アベシュー！」

タミコがてとてとと駆け寄ってくる。その間に愁は耳栓の菌糸玉をほじくり出す。

「おつかれりす！　すごいりす、がんばったりす！」

「おお、素直に褒めてくれんのね」

「でもさっきあたまぶつけてたりすね」

「見てやがった」

二人して座り込み、死体に目を向ける。だらりと舌を投げ出したガーゴイルの表情からは、さっきまでの燃え上がるような凶暴性はすっかり失せている。石像に憑いていた怨念が抜け出たかのように。

「……こいつ、タミコ的にレベルいくつくらいだった？」

「55くらいだったりす」

レベル的にはわずかに格上だったようだ。

「強かったよ、マジで」

「そらとぶし、みみがキーンってなるやつもだすし、やっかいなやつだったりすね」

「うん、それもそうなんだけど……なんつーか、執念みたいなのを感じたわ」

相性的にも能力的にも厄介(やっかい)な相手だった。受けた傷は浅いが、それは作戦が逐一(ちくいち)うまくハマったからだ。それらが一歩ずつズレていたら、同じ結果になったかどうか。

そしてそれ以上に、片翼を切り落とされてもなお膨(ふく)れ上がる凶暴性。どれだけ削られても折れることのない戦意。生き抜くために一心不乱に叩(たた)きつける殺意。

追いつめていたはずが、逆に怯まされていた。

「たった一匹でこんなとこにとり残されて、周りは敵だらけで、それでも絶対死にたくないって……だから、こんな地獄(じごく)で、今日まで生き延びてこれたんだろうな」

その執念は、揺るがない闘志(とうし)は、どこから来たものだったのだろう。

単なる生存本能だとは思えない。他の獣にはない、強固な意志のようなものを感じられた。

正直恐れも抱いたが、終わってみると若干敬意のようなものさえ覚えている。

（俺がこいつの立場だったら……あそこまで必死に戦い抜けたかな？）

（こんな地獄みたいな場所に何年もたった一人で、それでも生き抜こうと思えたかな？）

「……アベシュー……？」

タミコが不思議そうに見上げている。

（一人だったら、こいつがいなかったら、今頃俺は……）

などということを口に出すつもりはない。ちょっぴり癪だから。

愁はなんでもないという風に首を振り、彼女の頭をむきゅっと撫でる。

「じゃあ、もらおうか」

「りす？」

「こいつの胞子嚢。きちんといただいて、明日の糧にしないとな」

「アベシューはまえむきりす」

「だろ？」

「だけどすぐにチョーシこくりす。さっきみたいなムチャしてたらまたイタイメみるりす」

「やっぱ怒られた」

ガーゴイルの前で手を合わせ、その死体を切り開く。苦くて粘っこい勝利の味を噛みしめる。明日のために。

「……余計なお世話的な感じだろうけどさ、こいつからしたら」

「りす？」

「いただきますってさ。こいつの命を、俺たちはいただくんだよな。今さらだけど」

愁はぎゅっと拳を握りしめる。

身勝手な思いだと自覚している。それでも——もらったものは確かにある。

それをぶつける相手は今、この上にいる。

＊＊＊

ガーゴイル戦の三日後。

いよいよボスへの挑戦の日を迎える。

袈裟にかけたカバンには、水筒やキノコや野草などが詰まっている。

「タミコ、準備はいい？」

「りっす……」

タミコはやはり不安げだ。昨日は丸一日を休みにしたが、そわそわとして何度もこしょりをねだってきた。指がつりそうなほどこしょってやっても、その曇った表情は最後まで晴れなかった。

「だいじょぶだって。さぐる感じで戦ってみるだけだから」

「アベシュー、ムチャはしないってやくそくりすよ？」

「わかってるよ。じゃあ、行こうか」

三日前に歩いたのと同じ道を選ぶ。メイン通りを左へ、狼側からのルートだ。

タミコの聴覚索敵と愁の感知胞子により、近づいてくるメトロ獣はほぼ正確に察知することができる。よほどのことがない限り不意打ちをくらうことはないだろう。

だが——歩きはじめて数十分後、オルトロスがつかず離れず愁たちを追ってくるのに気づく。

「どうするりす？」

「他のやつと挟み撃ちでもされたら厄介だし、今のうちにやっとこう」

愁は菌糸刀と菌糸盾をとり出す。

数十メートル先でオルトロスが足を止めている。やる気を見せた愁に対して、踵を返そうか応戦しようか迷っているようだ。

　愁は膝を曲げ、跳躍力強化で一気に距離を詰める。

　オルトロス——二頭の狼の図体はゴーストウルフより一回り大きい程度だが、その実力は段違いだ。重く速く鋭く、脳が二つあるからか他の獣よりも狡猾だ。四つの目を持ったために肉食動物の視野の狭さも克服している。おまけにどいつもデフォルトで火を吐く。まさにオーガと並ぶ五十階の王者候補だ。

　それでもさんざんやり合ってきて攻撃パターンは掴んでいるし、愁には十三個の能力がある。タイマンなら慎重にやれば問題はない。

　菌糸刀と爪が数合打ち合う。愁は盾で払うようにして相手のバランスを崩し、右の頭の眉間に刀を突き刺す。片方の頭がだらりと弛緩しても、オルトロスの動きが止まることはない。もう一つの頭がいっそう怒りをこめて食らいついてくる。

　愁は刺さった刀をそのままに菌糸ハンマーを出し、下から顎をかち上げる。ぐらっと傾いたところに全体重をかけて振り下ろす。

　ずしん、と倒れ落ちたオルトロスはそのまま動かなくなる。

　ふう、と愁は息をつく。時間にしてほんの数分程度、特に苦戦することもなかったが、やはり命のやりとりはいつでも緊張せずにはいられない。

「オルトロスがいるならさ、ケルベロスもどっかにいそうだな」

「けるべりす？」

「ケルベロス。三つ頭の犬」

「もっとしたのかいにいるかもりすね」

タミコ母の情報によると、オオツカメトロは地下六十階まで確認されているという。単純計算、最深部にはレベル60前後のメトロ獣がいるかもしれない。さすがに「よっしゃ、ちょっくら行ったろ！」とお試し感覚で言えるような場所ではない。

オルトロスの腹を捌き、手早く胞子嚢をとり出す。今後のためにとカバンに入れておく。今は腹も空いていないし、体力の消耗も微々たるものだ。タミコはなるべくとれたてを食べることを推奨しているが、摘出後二・三時間は鮮度がもつことを経験上学んでいる。

「できるだけボスに備えとかないとね。なにがあるかわかんないし」

「りすね」

一度通った道を慎重に思い出しつつ、あまり時間をかけすぎずに進んでいく。

二時間ほど経った頃、突然道幅が広がり、明かりのないじめじめした暗い領域に入る。岩壁が酸で溶かされたみたいにただれている。地面には雑草どころか苔も生えていない。廃墟の地下道のような、ゾンビ映画が似合いそうな雰囲気だ。

「……アベシュー、あそこりす」

「……うん、ようやく着いたね」

奥の壁(かべ)に大きなトンネルがあり、その先が上り階段になっている。いっぺんに三・四人は並んで通れそうな幅(はば)の階段だ。

下から覗いてみるが、数十段上に踊(おど)り場(ば)があって折り返しているので、上階の様子は見えない。壁にはホタルゴケの照明が点々と続いている。

「……ボスのほうから下りてくることはないの？」

「わかんないりす……でもここをとおれるかどうか……」

「そんなでかいんか……」

手が震えていることに気づく。階段から流れてくる生ぬるい空気に、これまでとは比較にならない不吉(ふきつ)なものを感じるのは、この先に待つ脅威(きょうい)の存在を知っているからだろうか。

「……行こう、タミコ」

「……りっす」

＊＊＊

一段一段、踏みしめるようにして上る。蹴上と踏面――一段の高さも幅も人間用のサイズで、手すりがないのと苔が光っているのを除けば、そのまま地下鉄の階段のような感じだ。

（狩人にジョブチェンジして三年だけど、こんなとこ上ってるとリーマン時代に戻ったっぽいよな）

あの頃の生活のなんと平和で呑気だったことか。明日のメシに困ることもなく、どれだけ仕事上でミスしても命までとられることはなかった。失って初めて思い知らされる、凡庸な日常のありがたみ。

（ここさえ抜けられれば――地上に出られるんだ）

その先にまた、あのような平穏が待っているとは思えない。

地上の世界がどんな風になっているのか、この目で見るまではわからないままだ。

それでも、今の愁とタミコには、地上に出る未来しかない。それ以外には――いずれこのメトロで終わりを迎えるルートしかないから。

愁は五度目の踊り場でいったん足を止め、壁際に座り込む。カバンから胞子嚢を二つとり出し、タミコにも一つ渡す。

「ちょっと疲れたから休憩。念のために体力回復しとこう」

「あたいはつかれてないりすけど」

「ずっと人の肩に乗ってるもんな。たまには交代してもらいたいもんだ」

「かんでひきずるならできるりす」

「ごめん、冗談だから」

踊り場から踊り場までには二十五段ずつある。それが五度目だから、百二十五段上ったことになる。野球部にでも入った気分だ。構造的に感知胞子を飛ばせないので、どこまで続いているのかもわからない。

「たぶんあとはんぶんくらいりす。カンりすけど」

「半分か。まあいいや、ゆっくり行こう。階段でへばってボス戦で生まれたての子鹿状態とか笑えないし」

レベル50以上の身体能力にはそんな心配はないが、できる限り万全の状態で挑みたい。

胞子嚢を食べ終えると元気が出てくる。タミコを肩に乗せて立ち上がる。

彼女の言うとおり、十度目の踊り場は踊り場でなく、その先が天井の高い部屋へと通じている。二人はそれを、九度目の踊り場から見上げる。

「……着いた……」

ようやくたどり着いた。四十九階に。

「アベシュー、いったんとまるりす」

「わかってる……いるね、超でかいのが」

「たぶん、こっちにきづいてるりす。いきなりおそいかかってくるかもりす」

「かもね」

タミコの背中をつまみ、階段に下ろす。

「俺一人で行く。タミコはここで見守ってて」

お試しとはいえ、手を抜くつもりはない。引き際だけは想定しつつ、全力でぶつかるつもりだ。タミコを守っていられる余裕はない。

タミコは泣きそうになっている。怖くて不安でたまらないといった風に。

「……ぜったいムチャしちゃダメりす。あぶなくなったらすぐににげるりすよ……」

「わかってる。しっかり肝に銘じてるよ」

愁はカバンを放り捨て、左手に菌糸大盾を出す。

先を見上げ、頭の中でタミコのくれたボスの情報を反芻する。

準備は整った。

「じゃあ、行ってくる」

階段を一気に駆け上る。

オオツカメトロに目覚めて三年——愁は初めて地下四十九階に足を踏み入れる。

＊＊＊

高い天井がドーム型になっている。円形状の広間だ。ここから対面の端まで、少なくとも五十メートル以上はある。

タミコの話では、向かい側付近の壁にもう一つの出入り口があるらしいが、今は見えない。部屋の中央にどっしりと鎮座するそいつのせいで。

「……でけえ……」

半球形、いわゆるまんじゅうのような形だ。タミコから見て「チョーきょだいりす」という話だったが、これほどのスケールとは思ってもみなかった。高さにして十メートル以上、横は直径二十メートル以上。つまり部屋の中心部をどっしりと占めている。

——スライム。

ゲームならもっとゼリー的に透明でぷるぷるしているものだが、現実はもっと薄汚れて凶々しい。体表は泥水のような濁った茶色、めりこんだ石や動物の骨らしきカスがゆっくりと流動しているのが見てとれる。

顔、あるいは頭、内臓、手足、そういったものは外からは見えない。

表情もなにもない。だが――ずず、とその巨体がわずかに身じろぎする。

この謎の生き物がすでに獲物を認識しているのを、愁は肌で実感している。

「ふうっ、ふうっ……」

対峙しているだけで呼吸が荒くなる。汗が止まらない。相手はただのでかい泥まんじゅう、なのにどうしてこれほどの圧迫感と恐怖を覚えるのか。

一瞬、スライムがぶるるっと振動する。身構えた愁の頭上に触手が降ってくる。

「うおっ！」

とっさに横に飛び退く。直撃した床が砕け、衝撃で愁の身体も投げ出される。

触手が伸びてきた瞬間が見えなかった。速い、だけでなく予備動作がない。

愁が体勢を立て直すより先に、ボスの触手が横薙ぎに迫ってくる。大盾で受け止めるが一撃で盾が砕け、はじき飛ばされる。

「くそっ！」

床を転がり、痛みを噛み殺しながらすぐに起き上がる。二本に増えた触手の先から、茶色の液体が線状に放たれる。受け止めた二枚目の大盾がドロドロと溶けていき、慌てて手から切り離す。

足を止めた愁の頭上に触手が降ってくる。今度は跳躍力強化で斜め前に飛び込む。距離が詰まる。

「ふっ！」

右手の指先から三つの燃える玉を放つ。間髪入れずに左手からは電気玉を。

半球形の表面が爆ぜ、バチチッ！　と電流が走る。触手の動きがぴたりと止まる。

（――効いたか？）

表面がへこみ、ぷすぷすと焦げくさいにおいをさせている。どろりと粘っこい茶色の液体が垂れているが、スライムがぶるっと身震いするだけで瞬く間に元通りだ。

再び触手が襲いかかってくる。愁の胴回りほどもあり、自在に伸びて動き回り、しかも今では四本にまで増えている。

ビタンビタンと触手が荒れ狂う。床が破砕し、壁がえぐれる。その風圧だけで殴られたような衝撃を受ける。

触手は壁まで余裕で到達する。つまり部屋全体が射程距離だ。

突き放され、近づけなくなる。反撃どころかかわすのも精いっぱいだ。

「こりゃっ！　やべえっ！」

触手は振るわれるまで軌道が読めない。関節がないので自在に曲がる。

加えてスライムには表情がない。感情が読めない。視線や呼吸から攻撃を予測したり初動を予期したりできない。

これまで相手にしてきた獣とはまったく違う。生物どころかもはや機械だ。

菌糸刀を出す。真上からの振り下ろしをかいくぐって触手に斬りつける。

斬り込んだ刀が表面の膜を裂くが、その中のドロドロにはまったとたんに刀身がボロッと崩れて朽ちる。触手に詰まっているのは先ほど放たれた強力な酸そのものだ。

「くそ――」

足が止まった愁の背中を、別の触手が殴りつける。前に突き飛ばされて頭から床に叩きつけられる。意識が遠のく。

（これは――やべえ）

（動け、死にたくなけりゃ――）

脳天めがけて真上から触手が迫る。愁は腕をクロスさせて受け止める。膝をついたままの足が床にひびを入れる。

寸前で円盾を両腕に生んだが、それでも衝撃を殺せない。背骨に電流が走るかのように身体が痺れ、次の動作が一歩遅れる。そこへ六本に増えた触手が一斉に降り注ぐ。

「アベシュー！」

ぱらぱらと石のかけらが降り落ち、もうもうと立ち込めるのは土埃——ではなく灰色の煙。煙幕玉だ。

ボッと煙を突き抜けて愁がダッシュする。折れた左腕はそのままに、つぶれた左目はそのままに。右手に菌糸刀を生み出し、スライムの胴体へと投げつける。

まっすぐに空に線を引く刀がどぷっと突き刺さる。だが膜を破って中身の液体を多少こぼすだけだ。おそらく触手と同じ、中の液体は強い酸のような性質だ。すぐに溶けて朽ちる。

「あああああっ！」

跳躍力強化で一気に距離を詰め、菌糸ハンマーを振りかぶる。

刺さった菌糸刀の柄尻に打ち込む。刀が根元まで押し込まれる。

（届いたかよ、中に？）

（そこが弱点なんだろ？）

タミコ母から受け継がれた情報。

スライムの弱点——その粘液の奥にある内臓器官。

そこを破壊すれば死ぬ。

問題は、そこに攻撃を届かせることができるかどうか——。

（どうだ——？）

スライムが一瞬びくっとひきつる。一秒に満たない硬直。

そして——爆発的に膨張して無数の触手を繰り出す。怒りを露わにするかのように。

「うおっ！」

とっさに飛び退いた愁だが、その左足が空中で触手に呑まれる。ジュッ！　と焦げる音とともに膝から下がボロッとちぎれる。うまく着地できずに床に落ちて転がる。

「ぐうっ！」

（ダメだ、ここまでだ）

片膝立ちになり、片足の跳躍力強化で床を蹴る。向かうは五十階への階段だ。

「タミコ、逃げるぞ！」

体表を触手状に伸ばしての殴打、捕食。中身の液体の放射による溶解攻撃。話に聞いていたボスの攻撃パターンを体験することができた。その速度や強さを身をもって味わった。

防御力や身体の特性も確認できた。ほんのわずかな突破口も見出すことも。

もういい、収穫はじゅうぶんだ。

これ以上続けても、今は勝機がない。

倒せないことも想定の範囲内だ。あとは戻って作戦を練り、それを実践する力をつければいい。あるいは最低限あいつを抑えている間に、タミコに出入り口のスイッチをさがしてもらうとか――。

（つーわけで、今日はこれくらいにしといたる！）

片足走りで触手をかわしながら階段までたどり着く。タミコがそこで待っている。

「アベシュー！」

タミコの声で振り返る。

「――え」

大量の水が覆いかぶさってくる。茶色い水の柱だ。

スライムの吐いた体液だと一瞬にして悟る。

それがどういうものなのかもわかっている。

（あんないっぺんに）

（まるで放水）

（階段の奥に逃げる？）

（ダメだ、間に合わない）

（後ろにタミコがいる）

（ダメだ、かわせない）

タミコを背に菌糸大盾を出す。

糸が完全に形をなすより先に、水柱が愁を呑み込む。

溶けていく盾、そして身体。喉が灼けたところで愁の絶叫は途切れる。

＊＊＊

意識が戻る。

腕を引っ張られ、ずるずると引きずられている。どどこと身体の前面が段差にぶつかっている。うつ伏せの体勢で階段を引きずり下ろされているようだ。

「アベシュー！　おきたりすか⁉」

目の前にタミコがいる。涙ぐみ、ぺちぺちと愁の鼻を叩く。

「……タミコ……」

「ボスはもうおってこれないりす！　もうすぐしたにつくりすよ！」

どうやら手を噛んで引っ張って下りてきたようだ。冗談が現実になってしまった。意識がなかったのが幸いか。

「お前、無事だったんか……よかったな……」

「アベシューのおかげりす！　あたいがしたまでつれてくから、アベシューはやすむりす！」

「休むってててて……たたたた、タミココココ……」

段差に当たって言葉がスタッカートになる。きちんと痛いので自分の足で下りることにする。

「……あれっ？」

立ち上がりかけて、膝から下を失った左足がまだ足首までしか再生していないのに気づく。腕や身体も焦茶色に焼けただれたままだ。気を失ってまだそれほど経っていないのだろうか。

「だからいったりす！　なおるからって、ムチャしすぎりす！」

「ごもっとも……」

「たくさんとけちゃったせいで、まだなおりきってないりす。ツルツルのしおがおも、レイスがくさったみたいりす」

「これで少しは憶えやすい顔になったかな……」

会社の先輩に一カ月経っても憶えてもらえなかったのを思い出す。

加えて裸になっていることに気づく。服もすべて溶かされたようだ。

（ちくしょう……最後の最後でえげつねえことしやがって……）

スライムへの恨み節はあとで楽しめばいい。

こんなザマではあるが、得られたものは大きい。この経験と反省を次につなげる、そのためにすべては隠れ家に戻ってからだ。

一歩一歩、壁に手をついて下りていく。身体中で絶え間なくわめき続ける激痛よりも、それ以上に空腹がつらい。足腰の力が抜ける、目が回りそうだ。

タミコの言葉どおり、ほどなくして五十階にたどり着く。愁はふらりとよろめき、そのままうつ伏せに倒れる。

「アベシュー！」

おかしい、と愁は思う。

気を失っている間、タミコはずいぶん進んでくれたようだ。それなら時間的にもっと再生していてもおかしくないはずなのに。

呼吸をはずませながら、焼けただれたままのてのひらを見る。

「……再生が……止まってる……？」

ぐうっ、とうめく。痛みでなく空腹から。

（やばい。これはマジでやばい）

再生には体力を使う。おそらく再生箇所が多すぎて消耗しすぎたのだ。

（ってことは――）

このままだと治らない。

どころか、これ以上動けもしない。

ここに来るまでに狩ってきた獣の胞子嚢があったはずだ。

――いや。あれはカバンごと階段のところに置いておいた。おそらくあのスライムの酸で溶かされただろう。

「アベシュー！　しっかりするりす！」

「……なにか……食わないと……」

このまま――どうなる？

（治らない）

（動けない）

（どうなる？　死ぬ？）

脳が恐怖であふれ、身体が急激に冷たくなっていく。

「ううっ……ああっ……！」

「アベシュー！」

なんでもいい。なにか食いたい。

腹が減りすぎている。このままだとやばい。死ぬかもしれない。

それより先に気が狂（くる）う。頭がおかしくなる。怖い。怖い怖い怖い――。

「――あ？」

そばにいるタミコに手を伸ばしかけていることに気づく。

「……いや、違うって……違う、違――」

「いいりすよ」

放心する愁の目の前で、タミコはにこっと笑う。

「……は？」

「あたいをたべるりす。それでアベシューがたすかるなら、あたいはそれでもいいりす。こんどはあたいがアベシューをたすけるばんりす」

「……なに言ってんだよ……」

「アベシューがいなければ、あたいはどのみちここでしぬりす。でもアベシューなら……いつかひとりでもボスをたおして、ちじょうにでられるりす。だから……アベシュー……」

「……タミコ……」

愁の震える手が、タミコへと伸びて。

「……ざっけんな、アホリス」

――そのかたわらにある石を掴む。

「お前みたいなチンチクリンじゃあ腹は膨れねえんだよ！　石ころかじってるほうがマシだ！」

口を開け、石を噛み砕く。バリバリと咀嚼して飲み込み、盛大にむせて吐き出す。胞子嚢よりまずい。

「アベシュー！」

「げほっ、げほっ……はあ、はあ……タミコ、なんでもいい……」

「へ？」

「キノコでも草でもいい……なにか持ってきてくれ……頼む……！」

タミコは涙をぐいっと拭い、力強くうなずく。

「すぐもどるりす！　まってるりす、アベシュー！」

ふさふさの尻尾が暗がりの中へ去っていくのを見届けると、愁の意識は徐々に真っ暗な泥の中へと沈んでいく。

「……シュー！　アベシュー！」

タミコのキンキン声がする。またしてもぺちぺちと鼻を叩かれている。

「もってきたりすよ……キノコと、ゴブリンりす……！」

目を開けた愁は、息を呑む。

目の前で、タミコの身体がぐらりと揺（ゆ）らぐ。倒れ込む前に愁の手がそれをキャッチする。

彼女（かのじょ）の腹が赤く染まっている。その後ろには数本のキノコと、息絶えた赤ゴブリンの死（し）骸（がい）がある。

「タミコ！」

「……アベシュー、あたいもやればできたりす……アカゴブリンを、まえばのサビにしてやったりす……」

力なく笑うタミコが、そっと目を閉じる。

愁は治療玉（ちりょうだま）を出そうとするが、いくら念じても出てこない。菌能（きんのう）を使う体力が残っていない。

「……待ってろ……！」

這（は）いつくばってキノコを掴み、口に放り込む。味わう暇（ひま）もなく飲み込み、すぐさまゴブリンの死骸を引き寄せる。なけなしの力を振（ふ）りしぼり、素手（すで）で腹を破り、中を漁（あさ）って胞子嚢を引きずり出す。

　ほとんど噛まずに飲み込む。あれほどまずいと思っていた胞子嚢が、これまでのどんな食事よりも身体を満たしてくれる。手の痺れが和らぎ、徐々に力が戻ってくるのを感じる。

「タミコ……！」

　余力をすべて絞り出すようにして、治療玉を生み出す。それを握りつぶし、汁をタミコの身体にかける。白濁した液体が血を洗い流し、傷をふさいでいく。

　タミコがゆっくりと目を開ける。

「……アベシュー、だいじょぶりすか……？」

「お前こそ……無理すんなよ！　弱いくせに！」

　彼女の身体をそっと手にとり、抱え込む。

「……ありがとう。お前のおかげだよ、相棒」

　手の中のちっぽけな彼女の鼓動が、呼吸が、愁に熱を伝える。

　それが身体中にじわりとめぐっていく。

　歯を食いしばり、顔を上げる。自分が転げ落ちてきた階段を見上げる。

「――ここを出るときは、絶対に二人一緒だからな」

5章 Episode 5 決戦

Labyrinth Metro

それからしばらくの間、階段からこっそりとボスを観察するのが日課になる。

ボスがあの広間から出ることは一度もない。どうやら階段側も出口側も、通るには図体がでかくなりすぎたせいらしい。

ではどうやって食糧(しょくりょう)を調達しているか。というと、メトロ獣が向こう側の出入り口から入ってくるのだ。一日か二日に一度くらいのペースで、不思議の穴に落ちたように迷い込んでくる。哀(あわ)れなそいつらがボスのごはんだ。

「なんであそこに来ちゃうんだろうね、メトロ獣？」

「わかんないりす。けど……カーチャンがいってたりす、あのそとにはたくさんスライムがいるって。あのフロアはもはやスライムのくにりす」

「マジで？」

「そいつらがボスのへやにおいこんでるのかもしれないって。じぶんたちのオーサマのためにって」

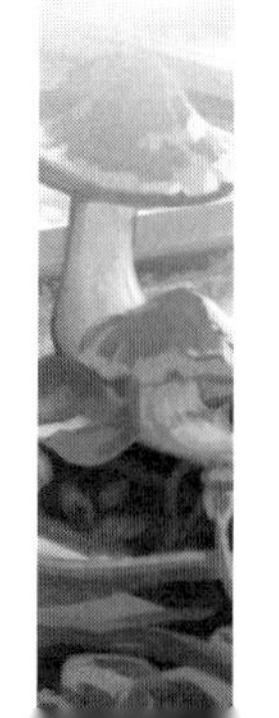

それが事実なら、まるで働き蟻だ。ブラック企業だ。

ちなみに、タミコのリスカウターで改めて確認してみると、ボスのレベルは――なんと70前後らしい。

「はあ⁉　マジで⁉　70って、ちょ、話違くね⁉」

先にそれを知っていたら、あの挑戦は間違いなく中止になっていただろう。

「おかしいりす。カーチャンのみたてじゃあ、レベル60くらいだったはずりす」

「つーことは……ボスもこの数年でさらに成長したってことか」

メトロ獣も愁たちと同様、他の個体を捕食することで成長し、強くなる。行き着く先はいわゆる成長個体、愁が倒した先日のガーゴイルがそれだ。

大抵はそういった成長個体や、先天的に他とは違う資質を持つ変異個体などがそのままボスと認定されるらしい。

「レベルのあがりやすさとかは、しゅぞくやこたいでちがうりす。カーチャンは、あれはスライムのチョーテンだっていってたりす」

「スライムの頂点ね……他のやつら知らんけど、種族の壁突き抜けすぎじゃね？」

また、ボスが小さな個体――それでも愁と同じくらいの背丈だ――を生み出して、下階にも送り込んでいることも発覚する。だから地下五十階の階段付近は壁や地面に焦げ跡があったり、ほとんど不毛地帯になっていたのだ。数はそう多くないようだが、五十階からも獲物を追いたてて食糧を調達している可能性が高い。

階段付近でその手下を発見して、実際に戦ってみる。通称、中スライム。タミコによるとレベル30前後。

刃を交えてみると、そのパワーもスピードもボスには遠く及ばない。しかしやはり、斬撃も打撃も効きづらい。殺しきるまでに新調した狼の服を少し焦がされる。タミコも頭に溶解液をほんの少し浴びて、後頭部に円形のハゲができる。

「ぴぎゃー！　かみのけが――――っ！」

「リス河童、治療玉塗っとこう」

「たくさんぬって！　あたいのもうこんをすくって！」

泥水のような体液を地面に広げ、内臓が剥き出しになった中スライム。陸に上がったクラゲみたいだ。

「ザコだけど、あいつの同種を倒せたのはいい勉強になったな」

弱点はタミコ母の情報のとおりだった。同じようにやればボススライムも殺すことができるはずだ。

「まあ……できれば、なんだけどね」

このままボスの力が増し、スライムがさらに増えれば、いずれこのフロアもやつらに呑まれてしまうかもしれない。狼と猿の小競り合いどころではない、一つの外来種による侵略と蹂躙が待っている。そんな風に想像するのは大げさだろうか。

どれくらい時間に猶予があるのかはわからない。だが――あの化け物を確実に倒すために、地道に着実に力をつけなければいけない。アラサーまでにメトロを出るという目標は泣く泣く封印し、いつの日か必ずリベンジを果たすべく、出直しを誓う。

＊＊＊

それからの日々は、ただひたすらにこのフロアの強敵たち――オーガを、オルトロスを、オニムカデを、レイスを、そして中スライムを狩り続ける。

疲れ、傷つき、些細なことでタミコと喧嘩し。

ゴブリンの落とし穴にはまって危うく尻の穴が増えそうになったり。

ＢＢＱで火加減に失敗して煙に巻かれたり。

アガルタケというキノコを食べてハイになり、不用意にユニコーンに近づいて蹴り殺されかけ。

オーガ三体を同時に相手にして死にかけ。

顔面火傷(やけど)だらけの成長個体のレイス——あの因縁(いんねん)の宿敵と死闘(しとう)を繰り広げ。

さらなる強敵を求めて五十一階、五十二階、五十三階へと進んだりもする。

タミコも知らない強力なメトロ獣たちとしのぎを削(けず)る。

これまでの三年よりもいっそう深く心身を消耗(しょうもう)する、厳しい日々が続く。

それでも愁は実感する。

死地を生き抜くこの身体に、さらなる力が蓄(たくわ)えられていくのを。

その足どりが、一歩ずつ地上へと向かって進んでいるのを。

苦汁(くじゅう)を嘗(な)めたボス戦から半年が経ち、一年が経つ。

十六個目の菌能を自在に使いこなせるようになった頃、愁はレベル65に到達する。タミコはレベル40で菌能五つ、悲願のカーチャン超(ご)えだ。

ここですごす日々の終わりが近いことを、愁は悟る。

＊＊＊

朝になり、隠れ家の壁に横棒を一つ書き足す。

毎日マメにつけていた正の字カレンダーは、これで三百六十個。

千八百日。およそ五年だ。

「おはよう、タミコ」

「……おはようりす、アベシュー」

先に起きていたタミコは、不安なのかテンションが低い。こしょってやろうと思うがやめておく。多少ナーバスになっているのは愁も同じだから。

オアシスの水場で顔を洗い、房楊枝で歯を磨く。

ヒゲも髪の毛も、これまでは菌糸刀や石のナイフで適当に手入れをしてきた。まばらな無精ヒゲを簡単に剃り、伸びっぱなしだった髪の毛もざくざくと大胆に切っていく。セルフカットもうまくなったものだ。

「あたいがやってやるりす。あたいのまえばでスマートヘアーにしてやるりすよ」

「お前、俺をハゲにするつもりだろ」

「つべこべいわずにじっとしてろりす。アベシューのくっさいあたまをすっきりテカテカにしてやるりす」

「やめろこの畜リスめ。のっぺりツルツルなのはこの顔だけでじゅうぶんなんだよ。言わせんじゃねえよ、ちくしょうめ」

ともあれ頭が軽くなってすっきりしたところで、感知胞子の範囲に入ってくるものがある。物音がしない、ユニコーンだ。

「おはよう、ユニおさん」

角先が少し欠けたユニコーン。この二年で愁たちとの距離はぐっと縮まっている。肌に触らせないのは相変わらずだが。

愁に顔を近づけ、ぶるるっとくさい息を吐きかける。例のブツを催促しているようだ。てのひらに治療玉を生み出す。ユニおに差し出すと、彼は舌で巻きとるようにして口の中に含む。ふんっと満足げに鼻を鳴らし、頭を上下させる。

(結局、ユニコーンとは一度もやり合わなかったな)

リスカウターの評価によると、今では愁のほうが上回っているようだ。相変わらず第十四の菌能の用途は不明なままだが、第十五と第十六の菌能を使いこなせるようになったし、正面から戦っても負けることはないだろう。

だが、愁としてはそのつもりはない。彼らは争いを好まないし、この水場では彼らの威光の世話になった。わざわざ喧嘩をふっかける理由はない。

「ユニおさん、今日でたぶんお別れだ」

言葉がわかるとは思わないが、愁はそう告げる。

「これから四十九階のボスにリベンジしてくる。今度は勝てる自信がある、勝てたらそのまま俺たちは上に向かう。ここには戻ってこない。まあ、ボコられてすごすご戻ってくる可能性もあるけどね」

この地獄のメトロでタミコ以外に唯一友だち？ になれた彼には、きちんと挨拶をしておきたかった。

「ユニおさんにあげられる治療玉も、これが最後になると思う。せっかく仲よくなれて、ちょっと残念だけど……元気でね」

「ユニおさん、あたいのことわすれないでね」

ユニおは大きな目をぱちくりさせ、それからぷいっと踵を返す。

と、なにを思ったかいきなり岩壁に向かってダッシュする。けたたましい衝突音とともに壁が破砕し、ぱらぱらと破片が降り落ちる。

「……ちょ、ユニおさん……？」

唖然とする愁とタミコ。ユニおは岩壁に埋まった頭を引き抜き、なにかをくわえ、愁たちのところに戻ってくる。

「ユニおさん、角……」

角が折れている。根元からぽっきりと。それをタバコのようにニヒルにくわえている。

ふん、と鼻を鳴らして顎を突き出す。意図を察した愁がおずおずと手を差し出すと、その手に角を落とす。

「いやいや、これ……」

彼なりのエールのつもりなのだろうが、こんなにも豪快に身を削った餞別は恐縮すぎる。

「ユニコーンのツノははえかわるりす。こんどあうことがあれば、きっとおれてないりっぱなツノがはえてるりす」

「なるほど」

そういうことだ、と言わんばかりにユニおは頭を振る。

「ありがとう、ユニおさん。大切にするよ。またいつか会いに来るよ」

「ヒヒィーンッ！」

ユニおが天井を仰ぎ、高らかに鳴く。初めて聞くいななきだ。

最後に二人の姿をつぶらな瞳に映し、今度は振り返ることなく去っていく。愁はちょっと泣きそうになるが、タミコが先に号泣しているのでこらえる。

「……こんなもんもらって負けて戻るようじゃ、カッコ悪すぎるよな」

「りす」

「行こう、タミコ。今日でこのフロアとはおさらばだ」

＊＊＊

ユニおの角をカバンに仕舞い、隠れ家をあとにする。

こうして四つん這いで出入りするのも、うまくいけばこれが最後になる。穴を出て立ち上がり、礼をする。タミコもそれに倣う。

二時間ほどかけて階段にたどり着く。心臓破りの階段――二人がそう呼ぶ二百五十段の階段。

（一段二十センチくらいとして、一フロア五十メートル？　単純計算で地下二・五キロ？）

（そもそも病院で寝てただけなのに……なんでこんな深くにいるんだろうな？）

今の愁の体力には大した負荷にはならないが、仮に一つのフロアごとにこれだけの段数を上る必要があるとなると、地上に出るまでに太ももが競輪選手並みになってしまうかもしれない。

（地上に出れば……）

（誰か人に会えば……それもわかるんかな？）

「アベシュー……もうすぐりす……」

肩でタミコがささやく。愁はうなずき、顔を上げる。

「……いつもどおり、いるね」

「……いつもどおり、いるりすね」

最後の二十五段を上った先にやつがいることを、愁の感知胞子とタミコの聴覚が捉えている。

「タミコ、リスカウターで見てくれる？　こっそり、慎重にね」

「りっす」

タミコが肩から降り、ぴょんぴょんと飛び跳ねて階段を上っていく。

最後の一段の前で止まり、懸垂するように顔だけ出して、部屋の奥を目視する。

数秒その体勢を保ち、ぽてっと尻餅をつき、またぴょんぴょんと下りてくる。

「どうだった？」

「まえにみたときより、もっとつよくなってるきがするりす……70よりうえりす」

「……そっか」

前回のトラウマが脳裏に甦る。

手が震えている。心拍数が上がる。背中がぞわぞわと粟立つ。

目を閉じて何度も深く呼吸する。

（大丈夫だ。絶対に勝てる）

（何度も頭の中でシミュレーションした）

（いける、今度こそ）

そう自分に言い聞かせる。何度も何度も。

「あああアベシュー！　ここここわいりすか⁉」

タミコがガタガタ震えながら言う。

「あああたいも、いいいいっしょにたたたたたかうりす！」

「タミコ……」

「あああんなどどどろんこドングリもどき、あああたいのまえばでかつらむきりすよ！」

涙目で、尻尾をぶるぶるさせ、小さい手をぎゅっと握りしめている。

それを見て、愁はぷっと噴き出す。指先でタミコの頭をむきゅっと撫でる。

「またハゲられたら笑っちゃうからさ」

「ハゲはわすれるりす！　シャー！」

一人では絶対にここまでたどり着けなかった。

この五年間、二人だからやってこれた。

（戦うのは一人でも）

（俺は、一人じゃない）

愁はタミコの前に拳を差し出す。

「いざとなったら頼むよ、相棒」

タミコはその拳に拳を合わせる。

「まかせるりす。だけど、アベシュー……かって！」

愁はうなずく。

カバンを下ろし、狼製の上着とマントも脱ぎ、藁紐で留めたハーフパンツ一丁という潔い格好になる。

すうう、とゆっくり息を吸う。同じだけ時間をかけて吐き出す。

「……行くか」

前に突き出した手から、しゅるしゅると糸が生じる。菌糸刀と大盾。

目を閉じて意識を集中させる。

刀と盾が青い光をまとう。

――第十五の菌能、胞子光。

＊＊＊

一足飛びで階段を上り、二年ぶりに足を踏み入れる。

オオツカメトロ地下四十九階、がらんとしたボスの広間。

前回と同様、ボススライムは部屋の中央にどっしり構えている。相変わらず薄汚い焦茶色の泥まんじゅうだ。

（……ちょっとでかくなってね？）

トラウマのせいで相手が大きく見えているだけかもしれない。あるいはこの二年でさらに成長したのかもしれない。

どちらにせよ、成長したのは愁も同じことだ。そこはかとなく自信をみなぎらせる愁の姿を、スライムは無言のまま捉えている。

これまでの検証によると、スライム族は光と振動を感知して周囲を認識しているようだ。つまり視覚と聴覚、それに触覚だ。

と、触手が伸びる。頭上からぬっと影をつくり、予備動作もなく振り下ろされる。愁の立っていた床をたやすく破砕する。

「やっぱ挨拶なしかよっ！」

前回からレベルにして10以上成長した愁でも、正面から受け止めるのは危険なパワーだ。

だが成長した分、前よりもほんの少しだけ回避に余裕がある。

一気に距離を詰めようとするが、瞬く間に触手が五本生じる。うねりながら一斉に襲いかかってくる。

それらをかいくぐり、大盾でいなし――。

「ふっ！」

そして菌糸刀が一閃、そのうちの一本を一太刀で斬り落とす。

驚いたのか、触手がいったん引き戻される。ボスの頭上で様子を窺うようにうねうねと左右に揺れる。

床に落ちた触手は、びたんびたんと暴れ狂い、やがて中に詰まった液体に溶けてぷすぷすと床を焦がす。ツンと鼻をつくにおいが立ちのぼる。

「……いけるね、これなら」

愁の握りしめる菌糸刀と大盾は、青白い光に覆われている。

第十五の菌能、胞子光。

菌能で生み出した武装に胞子光――と便宜上名づけた謎の光――をまとわせる能力だ。

これにより、刀や盾などの斬れ味や強靭性が飛躍的に向上する。刀はオーガの分厚い肉体さえ一振りで両断するほどに、盾はオルトロスの炎をもはじき返すほどに。

見た目も魔法武器やビーム兵器のようで、眠っていた愁の厨二心を大いにくすぐるものだ。ちなみに肉体に直接まとうことはできないし、石のナイフもダメだった。あくまで付加の対象は菌糸製の武具のみだ。

触手を断った菌糸刀のまとっている胞子光が減っている。溶解液のせいだろうが、それでも刀身は無事だ。

中スライムよりも強い酸には違いないが、断ち切ることができたのは大きい。

つまり、ようやくスタートラインに立てたということだ。

これでようやく勝負になる。心置きなくもう一つの奥の手をお披露目できる。

「見てろよ、まんじゅう野郎」

背中に意識を集中する。

しゅるしゅると、肩甲骨の少し上あたりから菌糸が生じる。

収束し、一対の腕の形になる。蜘蛛の脚を思わせる、細長くて生白い菌糸の腕。

第十六の菌能、菌糸腕。

これを自分の腕と同じように使いこなせるようになるまで、丸二カ月はかかった。今ではこれであやとりも歯磨きもタミコのこしょりもできる（タミコからは「オモチャじゃなくてゆびでさわってぇ……！」と誤解を招く哀願）。

単純に手数が増える、だけではない。この腕は愁の腕と同じく菌能を使える。菌糸腕のてのひらから菌糸刀を生み出す。菌糸から別の菌糸を生み出すというもはやカオスな図式だ。

これで刀三本、大盾一枚。

それらに改めて胞子光をまとわせる。まさに魔法剣のように青白い光に包まれる三刀流。アガル。

さあ、ここからが前回の続き。

「――ラウンド2だ」

触手がさらに倍、八本に増える。中スライムはせいぜい三・四本というところだったが、さすがは親玉だ。愁にしても菌糸腕が腕六本の能力だったら脳みそがパンクするだろう。

こちらが四本になったところで、相手の手数は倍。身体がぶるっと震える。

（ビビるな、集中しろ。相手は予備動作がない）

（関節もないからいくらでもねじ曲がってくる）

（それでも複雑な動きやフェイントは少ない）

（集中と反射だ、中学の卓球部時代を思い出せ！）

触手がぶわっと広がったかと思うと、愁めがけて降り注ぐ。

横に飛び退いた愁を、タイミングをずらした一本が追う。盾を斜めにして横に逸らし、菌糸腕の一撃で断ち切る。

「おらっ！　どんと来いや！」

などと挑発するが内心はひやひやしている。危なかった、防御が一瞬遅れたらぶっとばされていた。

縦横無尽、四方八方から襲いくる触手。感知胞子で察知し、跳躍力強化で逃げ回り、隙をついて触手を切り離す。

断面からドロドロと体液が漏れるが、あっという間に膜に覆われ、もこもこと元の質量をとり戻す。

それでいい。それが狙いだから。

中スライムをひたすら解剖した結果、スライムはざっくり三つの層に分けられることがわかった。

一番外側の膜。これはスライム自身の細胞であり、中の体液を覆っている。伸縮自在、傷ついてもたちどころに再生する高性能な筋肉だ。

二番目に体液の層。粘っこく触れたものを溶かす、まさにスライム的アイデンティティーの象徴と言える。

そして三番目、一番奥に潜むのが核の器官。各種内臓や脳のような知覚器官を詰め合わせた袋だ（どれがどれだかはさっぱりわからないが）。胞子嚢もそこにあり、他の獣より輪をかけてまずかった（苦さの中に酸っぱさを加えた不快さしかない味だ）。

中スライムとの戦闘の結果、三番目が急所であることは間違いなかった。そこを破壊することでスライムを殺すことができる。

ただし、そのためには二番目の体液の層が最大の障壁になる。これは攻撃を阻み飲み込む鎧であり、相手を叩きつぶし消化する牙でもある。

中スライムならいざ知らず、ボススライムほどの質量と消化能力を持つとなると、生半可な攻撃では内臓へは届かない。

もっと貫通力のある遠距離攻撃の菌能を習得できればよかったが、愁の手持ちにそれに当たるものはない。

ないものねだりをしてもしかたがない。手持ちの能力で倒しきるしかない。

そのためには、地道に愚直に、少しずつ障壁を削っていくしかない。

ターゲットは、やつの振るう牙そのもの――つまり触手だ。

「しっ！」

愁の頭をえぐりとろうと伸びる触手を、下にかいくぐって菌糸の腕で斬り落とす。左右からの挟撃。一つずつ隙間を縫うようにかわし、通り抜けざまに斬り払う。ちぎれかかった部分を燃える玉で爆破する。

触手が離れ、静止する。その先端にぷくっと水滴が浮かび、溶解液が噴射される。愁は床に大盾を突き刺して受け止める。後ろからも噴射が来る、その寸前に盾を離して飛び退く。

「ふうっ、ふうっ……」

呼吸が整わなくなっている。吸い込む空気がツンとして不快だ。あたりの石床は撒き散らされた酸でただれている。

身体が重い。目減りした胞子光を補充できない。体力が切れかかっている。

スライムに疲労という概念があるかはわからない。それでも愁が触手を延々切り離し、溶解液をかわし続けたことで、明らかにその身体は縮んでいる。体液部分の体積が減っているのだ。

それが無尽蔵に湧いてくるものではない、補充には時間の経過と栄養の摂取が必要になると、中スライム戦で判明している。やつの矛と盾は着実に削られている。

内臓に届くまで、あとどれくらいだろう。

だが——愁も限界だったりする。

「おし、ラウンド2終わり！　いったん休憩(きゅうけい)！」

愁は菌糸腕を切り離し、跳躍力強化全開で壁際(かべぎわ)まで距離をとる。両手から煙幕玉(えんまくだま)を放ち、立ち込める煙(けむり)にまぎれて階段へと逃げ込む。

「タミコ！　ただいま！」

「おかえりす！」

タミコと荷物を手に、念のため踊(おど)り場(ば)をもう一つ下りる。これなら触手も溶解液ぶっぱも届かない。

「ぜひっ、ぜひっ……ちょっとインターバル……」

腰(こし)を下ろし、カバンからとり出した胞子嚢にかじりつく。

「いいかんじりすよ！　みずものむりすよ！」

タミコが水筒(すいとう)を持って肩を駆(か)け上(あ)がってくる。愁の口にがぼっと水筒の先を突っ込む。

「フットワークりすよ！　あしをつかってやつをホンローするりす！　そしてフトコロにとびこんだあかつきには、えぐりこむようにうつべしうつべし！」

「セコンドかよ」

胞子嚢を一口かじるごとに身体に力が戻ってくる。苦みと生ぐささが身体にしみる。まずい、もう一個。

「タミコ……逃げるってのもありかもよ」

「へ?」

「体積が減って、触手もだんだん弱くなってる。もう少し弱らせれば、俺があいつを抑えて、お前に出口のスイッチをさがしてもらうのもありかもしれない。危険を冒して倒さなくてもね」

防御と回避に徹し、煙幕玉と跳躍力強化を駆使すれば、おそらくあいつの全注意をひける。タミコがスイッチを見つけるまでの時間は優に稼げるだろう。加えてタミコには第五の菌能、保護色がある。身の安全を確保しつつスイッチをさがすこともできるだろう。

あるいはこのまま戦いを続けても勝てるかもしれない。しかしそれは相応のリスクを伴う。あいつが他の奥の手を持っていないとも限らないし、階下から手下の中スライムが戻ってこないとも限らない。

地上に出ることを優先するなら、今が千載一遇のチャンスだ。

「……そうりすね……」

彼女の気持ちは愁もわかっている。やつは母とその相棒の仇だ。ここで引導を渡したいという思いがあるはずだ。

とはいえ、彼女自身の前歯はそれには届かない。矢面に立って剣を振るうのは愁だ。彼女が一番それを理解している。

「……アベシューがそういうなら、それがいいりす。ぶじにちじょうにでられるのがいちばんりす……」

タミコはうつむき、ふさふさの尻尾をぎゅっと抱え込む。

愁は数秒考え込み、三個目の胞子嚢を頬張る。がぶがぶと腹ペコ野球部員のごとき勢いでたいらげる。ぱんぱんの頬袋はタミコに負けないほどに張っている。

「……俺さ、基本ビビリのくせに、ちょっと強くなるとすぐ調子こいて、無茶して失敗して死にかけて、タミコにもさんざん怒られてきたよね。レイスのときも、一昨年のボス戦も、その他にもたくさん」

「りす？」

「悪いけど、また調子こかせてもらうよ。あんな大物の胞子嚢なら、きっとレベルの一つや二つ上がったり、菌能の一つや二つ覚えてもおかしくないじゃん？　せっかくのチャンスじゃん？」

「でも……」

「それに、このままじゃスライム王国がどんどんでかくなるんだろ？　そのうちあのオアシスもユニおさんたちも侵略されるかもしれない。この五年間さんざん世話になったんだからさ、最後に恩返しくらいしてもバチは当たんないよね」

残りの水をじゃばじゃばと頭にかけ、愁は立ち上がる。

「つーわけで——漢(おとこ)見せてくるわ。タミコ、カーチャンたちの仇とるとこ、ちゃんと見とけよ」

タミコが目頭(めがしら)をぐいっと拭(ぬぐ)う。とことこと愁の肩に上り、ぺちっと頬を叩く。

「いけぇっ！　いくんだシューっ！」

「ダンペーかよ」

＊＊＊

踊り場から感知胞子を飛ばす。ボスは最初と同じ位置から動いていない。

今まで一度もあそこから動いたところを見たことがない。ふんぞり返ってエサが来るのを待つだけのブラック社長。そんなやつの部下にだけはなりたくない。

カバンにはあと二つ胞子嚢が入っている。これが切れるまでは挑戦を続けるつもりだ。

補給が途絶えてバテバテになったら、そのときは出直しだ。

（まあ……体積が減っている今がチャンスなのは間違いない）

体積が勝手に回復するような理不尽は起こらないと信じたい。

（やれるだけやってみよう。漢を見せるって約束しちゃったしね）

愁は右手に菌糸刀と左手に菌糸大盾、菌糸腕とその両手に菌糸刀を出す。

「じゃあ、もっかい行ってくる」

「アベシュー、きをつけて！」

階段を一気に駆け上る。部屋を出てすぐに盾を構え、溶解液をくらわないように右に飛び退く。

「っしゃ、ラウンドすり……ん？」

ボスはぴくりとも反応しない。身じろぎも、触手を出しもしない。完全に静止している。

薄汚れたオブジェのように。

（……もしかして、死んでたりする？）

じり、と一歩前に出た瞬間、ボスがぶるっと身震いする。愁は驚いて一歩あとずさる。

にゅっと三本の触手が角のように上に伸び上がる。そしてそれが――しゅるしゅると糸を吐き、ウニのような黒いトゲの形にまとまっていく。

「は――」

触手が振り下ろされる。ブォンッ！　と重量を感じさせるその一撃が、床を発泡スチロールのごとく易々と砕く。

飛び散る岩のかけらを盾ではじきながら、菌糸腕が触手を斬りつける。かたいもの同士のぶつかり合う硬質な音が響き、痺れが愁の背中まで到達する。胞子光をまとった刀が半ばまでで食い止められている。

（かてえ！）

（つーか菌能かよ！）

足の止まった愁をもう一本の触手が狙う。跳躍力強化で横に逸れ、もう一度菌糸腕で挟むように斬りつける。ぶしゅっと体液が噴き出すが両断には至らない。

「くそっ！」

ひたすら回避に専念しながら観察する。硬質化してスパイクをまとう菌能か。

一度に三本までしか付与できないのか、それとも体力や容量が足りないせいか。

破壊力が増した分、動き自体はさっきまでよりも鈍い。手数も減っているし、トゲで攻撃範囲が広がってもなんとかかわせる。

しかし、さっきまでのように断ち切ることは難しい。これでは容量を減らすことができない。

「なら――」

菌能をまとっている部分は触手のちょうど半分くらいまでだ。間合いを詰めて根元から切ればいい、より多くの容量を減らせる。

三本の触手をかいくぐり、跳躍（ちょうやく）して一本を斬り裂（さ）く。その瞬間――本体から溶解液が噴射される。

「うお――」

とっさに大盾で受け止める。胞子光をまとった盾はすぐには溶かされない。

感知胞子が背中に迫（せま）る触手を捉える。挟み撃（う）ちだ。跳躍力強化でも空中での方向転換（てんかん）はできない。

「くあっ！」

菌糸腕が刀を手放し、ブリッジして触手に触れる。その勢いを借りて身体を押（お）し上げ、バック宙して回避する。

（あっぶな！　パターン変えてきやがった！）

（つーか今のカッコよかったんじゃね⁉）

などと邪念（じゃねん）をよぎらせる間にも触手が襲いかかってくる。慌（あわ）てて距離をとる。

復活した触手が再びモーニングスター化し、三本のうねりとなって愁に迫る。

再び回避の時間。タミコの言うとおりだ、フットワークが大事。蝶のように舞い、ゴキブリのように逃げる。

そしてわずかな隙を縫って距離を詰め、カマキリのように触手を断ち切る。

やることは変わらない。こつこつと、時間をかけてでも相手の容量を削いでいく。最後にこの刀をやつの脳みそに突き立てるために――。

「あああああああっ！」

さけびながら、おたけびをあげながら、愁はボスの周りを駆け回る。

飛び散った酸で肌が焼かれ、トゲがかすめて肉をえぐられても。

足を止めない、腕を振り続ける、斬り続ける。

意識は目の前の戦闘にのみ純化していく。

思考のよどみは消え、視界が開ける。

その先に待つものを必死に手繰り寄せていく。

「はあっ、はあっ……」

ラウンド3開始から、どれくらい経つのだろう。

切り離した触手の数は、十を超えてからは数えるのをやめていた。

「……ようやく見えてきたな……」

スライムの本体は、今や開始時の半分ほどにまで縮んでいる。

茶色の薄汚れた体液の層の奥に、うっすらと赤茶けた楕円の器官が見える。それがスライムの急所だということを愁は知っている。

触手は最初の半分程度の太さにまでしぼみ、もはやパワーもスピードもほとんど失われている。三本を維持する体積がないのだろう、残り一本だけになっている。

――あと一太刀。菌糸腕ごと刀を突き刺せば届く。それで終わりだ。

「じゃあ、そろそろ――――?」

ぶるるっとボスの身体が身震いする。そして頭頂部にトゲを生やす。本体のモーニングスター化だ。

ぐにゃっと沈み込んだかと思うと、反動をつけて跳躍する。天井すれすれまで。そしてトゲのほうを下にして、愁めがけて落ちてくる。

けたたましい破壊音とともに床が陥没する。飛び退いた愁の身体を衝撃と風圧が叩く。

「最後の最後でこれかよっ！」

またぐにゃりとへこみ、今度は水平に飛びかかってくる。愁に向かう面にトゲが生える。

なんとしてでも串刺(くしざ)しにしてやろうという意地を感じさせる攻撃だ。
壁を破砕するその突進(とっしん)は、受ければ串刺しどころか木(こ)っ端微塵(ぱみじん)にされそうなほどの破壊力だ。反撃(はんげき)しようにも迂闊(うかつ)に手を出せば腕ごと持っていかれる。

ボスが沈み、跳ねる。

跳ね返り、跳ねる。

まるで狭(せま)いところに閉じ込められたゴムボールのように。

体液がわずかに飛び散っている。やつも少しずつ骨身を削(けず)っている。

「んがっ！　どわっ！」

愁はそれを必死に回避する。

煙幕玉、燃える玉、電気玉。

とにかく持てる能力をフルに動員して注意を逸らし、相手の疲弊(ひへい)を促進(そくしん)させる。それしかない。

――少し楽しいと感じている自分に気づく。

勝利に手が届くところまで来たせいだろうか。

こいつと対峙(たいじ)していて、怖(こわ)くなかった瞬間などなかったのに。

今も綱渡(つなわた)りで命をつないでいるところなのに。

――そうだ、生きている。

俺は生きている。ギリギリまだ生きている。

「はは、ははっ！」

笑いがこみあげてくる。

自分にもこんな狂(くる)った一面があったのかと改めて思い知る。

もう普通(ふつう)のサラリーマンには戻れないな、などと頭の片隅(かたすみ)で思う。

やがてようやく、スライムの動きが鈍りはじめる。

突進と激突(げきとつ)のたびに削られた体積は、初期の三分の一程度まで縮んでいる。突進の勢いが半減し、めりこんだあとの反転に時間がかかるようになる。

愁の体力も限界だ。元々十分程度しかもたない菌糸腕(きんしわん)はとうに枯(か)れて背中から剥(は)がれている。新しくつくり出す余力もない。今は右手に握(にぎ)った菌糸刀一振りのみだ。

「アベシュー！」

階段のほうからタミコのさけぶ声がする。

「いったんこっちにもどるりす！」

魅力的(みりょくてき)で合理的な提案だ。ラウンド4(フォー)までのインターバルを得る。栄養を補給して少し休めば、勝利はほぼ確定的になるだろう。

冷静に考えればそうすべきなのだろう。ボスが疲弊している今なら容易に逃げ込める。

命のやりとりに卑怯もなにもない。それくらいは理解しているし納得できる。伊達に長年弱者をやっていない。

(だけど——)

その必要はない、と愁は強がる。

次の一撃で決める、その確信がある。

身体は疲弊している。だがその意識と神経は今、ギリギリまで研ぎ澄まされている。

今が最高潮だ。その自信がある。

「——来いよ」

ぐにゃ、とボスが沈み込む。より反動を得るために、より深く。

「来いっ!」

トゲをまとった泥色の球体がまっすぐに突進してくる。

同時に愁は前へ踏み出す。

床が陥没している。ボスが砕いてクレーター状になっている。そこに滑り込む。

頭上、紙一重のところを、ボスが通過する。

突き上げた菌糸刀の切っ先がずぶっと吸い込まれる。

勢いで腕ごともっていかれそうになる。背骨が折れるかというほど軋む。

「――ああああああっ!!」

それでも愁はおたけびをあげる。

身体に宿るすべてを絞り出す。

すべてをこめて、腕を振り抜く。

「――――」

突き抜けた先に、空白の一瞬が訪れる。


大量の体液が降り落ちる。背後で床を削るような音がする。

愁はゆっくりと振り返る。

ボスは半ば床にめりこんだまま、次の動作に入ろうとはしない。

さっきの一撃は急所に届いた――その手応えを愁は感じている。

液体の身体がぐにゃりと弛緩する。体液がドロドロとこぼれ、ツンとする湯気を立てる。

そして内臓器官が剥き出しになる。

まだ息があるのか、ぴくぴくと痙攣を続けている。

愁は足の裏が焼けるのも気にせず（本当は痛いが）、そこに近づいていく。

もう一振りの菌糸刀を絞り出し、胞子光をまとわせる。

「――悪いね」

青い光が糸を引く。定規で引いたように、まっすぐに。

愁だけを残して、部屋に動くものはいなくなる。

＊＊＊

終わった。

ついに終わった。

愁はその場にへたりこむ。

「……勝った……」

達成感がこみ上げてくる。感情が爆発しそうになる。胸の中で膨れ上がり、喉まで出かかっている。

（勝った！　けど……）

今は、それを表出する気力がない。再生途上の傷の痛みが、安堵とともになだれ込んできた疲労と空腹が、身体中にずっしりとした虚脱感をもたらしている。

　タミコがとことこと近づいてくる。母とその相棒の仇、その死骸の前に立つ。

「……ざまありす……」

　内臓のかけらを踏みつけようとした足を、止める。

「……けど……うらみっこ、なしりす……」

　うなだれたその肩をぷるぷると震わせる。ちゅんちゅんと洟をすする。

「タミコ」

　彼女が振り返り、愁の胸に飛び込んでくる。頭をぐりぐりと押しつけてくる。

「アベシュー……ありがとりす……！」

「うん（乳首ドリルすな）」

「アベシューがぶじで……よかったりす……！」

「うん（すな）」

　指でぽんぽんとその背中を叩きながら、愁は天井を仰ぐ。

「……行こう、タミコ。地上の太陽を拝みに（すな）」

生と死を繰り返し、めぐりめぐり——巨大なスライムを新たな宿主としていた寄生者は、あの毛なし猿との再会を果たした。

彼とはこれまでの宿主とともに、幾度となく牙を交えてきた。狼の中で、巨躯の猿の中で、あるいはいつかの白毛の中で。

彼と宿主との命をかけた争いを見守り続けてきた。

会うごとに強くなっていく彼の戦いは、そのたびに寄生者の感情を高ぶらせてきた。

他のどんな生き物も、彼のようなキラキラとした美しさを備えてはいなかった。宿主の牙が彼の血を散らすたび、あるいは彼の刃が宿主を斬り裂くたび、寄生者の世界は眩いほどに光煌めいたものだった。

だが——。

（私に勝つことはできないだろう）

スライムの中で、寄生者は言葉にならない思考でそう確信していた。

今回の宿主は、これまでのどの生き物とも比較にならない強さを誇っていた。一年余りに及ぶ仮宿生活で幾度となく外敵が訪れたが、脅かされたことなど一度もなかった。

（――彼もそうなるのかな？）

多くの外敵と同様に、この宿主の体液に溶かされ、吸収される。

そんな未来を描くほかなかった。これに勝てる者など、寄生者の発展途上な思考力では想像することも難しかった。

それはとても残念なことのように思えた。その逆に、あの美しい彼を（宿主のものとしても）この身の糧にできることに愉悦を覚えもした。

せめて、その最期の姿を見届ける。美しくもがき散る様を記憶に焼きつける。

寄生者にできることはそのくらいだけ、そう思った。

だが――。

初めて見る光景だった。彼は背中から腕を生やし、光る武具を手に果敢に挑みかかってきた。

触手に吹き飛ばされようと、溶解液で肌を灼かれようと、怯むことなく光る刃で切り開いていった。

（なんて、なんて――）

彼の剥き出しの殺意に、放たれる咆哮に。
閃光のように瞬く勇気に、ぶつけられる魂の一撃に。
寄生者はたとえようもないほどの感動を覚えずにいられなかった。
(彼は強くなった――この宿主を追いつめるほどに)
やがてその刃が急所にまで到達し、宿主のすべての知覚はぶつりと途切れた。
寄生者は再び無音無光の闇に閉じ込められた。
だが――光はすでにその真っ暗なまぶたの裏に焼きつけられていた。
(また会いたい)
強くそう思った。
彼はどこへ行くのだろう。こことは違う場所へ行ってしまうような予感があった。
(――追いかけよう)
彼のにおいを。姿を。足跡を。
すべてをたどり、そのあとを追う。
今では、下等な宿主であれば、その意識へ介入する能力を持っている。
たとえあと何度死のうとも、絶対に彼にたどり着く。
――寄生者に初めて芽生えた明確な願望であり、夢であり、意志だった。

今度こそ彼を殺すのか。それともまた彼に殺されるのか。
どうなるにせよ、次は自分自身で彼と直接触れ合う。
そのときが待ち遠しくて、闇の中でも寄生者の心は躍るようだった。

愁の期待どおり、ボスの胞子嚢は愁とタミコのレベルを上げ、同時に新しい菌能を習得させる。

これで愁はレベル66で菌能十七個、タミコは41で菌能六個だ。

スライム特有の酸っぱいまずさもこの喜びを曇らせるには至らない。体力も回復したところで、二人のテンションは最高潮だ。

「じゃあ、出口をさがそうか」

ごつごつとした岩肌の壁に、滑らかな石板が埋まっている。横幅二メートルほど、高さ四メートルほど。これが出入り口のようだ。

押しても引いても開く気配はない。試しに胞子光をまとったハンマーでぶっ叩いてみるが、表面に多少ひびが入る程度だ。何度も叩けばいずれは割れるかもしれないが、スイッチをさがすほうが楽そうだ。

二人でごそごそと周囲の壁際をさがして回る。しばらくしてタミコがスイッチらしきも

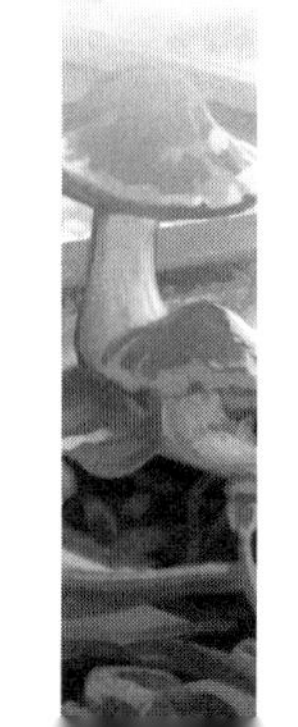

のを見つける。岩肌の中にこっそりと埋め込まれた小さなボタンだ。スライムが触手で押した痕跡か、その周囲の岩肌ごとただれて黒ずんでいる。ちょっと悪質なまでの見つけづらさだ。

「……こんなところにあったんりすね……」

彼女が小さな手でぐいっと押し込むと、ゴゴゴッと壁が揺れ、自動ドアのように石板が岩壁に吸い込まれていく。

「……開いた……」

「……りすね……」

ついに、ついに。

先の道へと続く扉が開いた。

このときのために、五年も費やしたのだ。

愁はぐっと拳を握りしめる。

「……よし、行こう、タミコ。地上まで一直線だ」

「りっす！」

通り抜けて少し離れると、石板の扉がひとりでに閉まり、近づくとまた開く。外側からはなんらかのセンサー的なもので開閉されるらしい。

ともあれ、最大の障壁を乗り越えた今、二人の地上への生還を阻むものはなにもない。

（そんな風に考えていた時期が）

（俺にもありました）

＊＊＊

「ぴぎゃー！　またスライムりすー！」

「ちくしょう！　もう酢の物はお腹いっぱいやんけ！」

地下四十九階はほとんどスライムの巣窟と化している。中スライムはそう強くはないが、獣除け胞子が効かない。戦いづらいし胞子嚢も一際まずいしでさすがに辟易する。

他のメトロ獣もちらほら感知胞子に引っかかるが、物陰にじっと身を潜めて出てこようとはしない。幅を利かせるスライムたちから身を隠すかのように。

「あのボススライムって、最初は中スライムと同じくらいだったんかね」

「どうりすかね」

メトロに巣食うボスという存在は、基本的に成長個体か変異個体のどちらかだ。長い年月を生き延びて、戦闘と捕食を繰り返して成長し、その果てにボスとなる。もしくは最初から特別な個体として生まれ、王道を歩んでボスとなる。

あのボススライムがどちらなのかはわからないが、前者なら最初は普通のスライムだったのかもしれない。

「つーか、普通のスライムってどうやって繁殖してんだろうね。ボスは自分一人で中スライム産んでたみたいだけど、あんだけしっかり内臓とか胞子嚢とかあるし、細胞分裂で単純に増えるみたいな感じじゃないと思うんだけど」

「あたいにはわかんないりす」

「俺もわかんないりすわ」

「すくなくとも、ボスがいなくなったから、スライムもすこしずつへっていくとおもうりすよ」

「少しはユニおさんや五十階のやつらの役には立てたかもね」

このフロアにいつかまたスライムのボスが誕生するのか。それとも王を失った国として緩やかな衰退の道をたどるのか。愁には予想もつかない。

「どっちにしろ、あんな化け物の相手は二度とゴメンだけどな」

「フラグってやつりすな、それ」

何度も道に迷い、突き当たりにぶつかる。中スライムの群れと鉢合わせをして乱戦になり、煙幕玉をばらまいて逃げおおせる。

四十八階への階段をさがすうちに夜になる。あたりは青く変わったホタルゴケの光に染められる。この階での野営は危険と考え、愁たちは気力を振りしぼって進む。朝を迎える前にどうにか上り階段にたどり着く。

「……ボス戦と同じくらいくたびれたな……」

「……りす……」

四十九階行きの階段とほぼ同じ形式だ。途中の踊り場で二人は夜を明かすことにする。中スライムや他のメトロ獣が通る可能性もあるため、交代で仮眠をとる。愁が数時間後に目を覚ましたとき、タミコが残像を描くほどのスピードで目をしぱしぱさせている。

翌日には四十六階まで、さらに翌日には四十四階までたどり着く。

四十八階を抜けたあたりからスライムは激減し、哺乳類系や爬虫類系の面々が顔を出すようになる。他にも巨大昆虫やら脚のついた魚やらキショい系も現れるが、どれも五十階のトップ勢にくらべれば格下だ。スライムのいない生活になってから、ようやく二人の旅路は安定していく。

四十一階でそれなりに手ごわいメトロ獣と連戦になる。以前戦ったガーゴイルだ。

レベル的には五十階にいたボッチ個体には及ばないが、当たり前のように爪や三叉の槍など、菌糸の武器を出して襲ってくる。一筋縄ではいかない相手だ。

出し惜しみせず、菌糸腕と胞子光で応戦する。二戦目、三戦目と重ねるごとに相手の動きにも対応できるようになり、階段の前でぶつかったやつには一分とかからない。

「素のこいつらもそこそこ強いんだな」

「レベル40くらいりすね」

胞子嚢を頂戴したあと、せっかくなので毛皮を剥いで持ち帰ることにする。狩人という職業における貴重な戦利品になる気がしたのだ。

菌糸刀とタミコの前歯でがりがりと切れ目を入れると、意外とスムーズに皮剥ぎができる。まったくの我流だが、この五年で慣れたものだ。

「こんな感じで、地上で金になりそうなものを集めていこうかね」

身軽さを保つために、これまで胞子嚢や多少の肉以外はほとんど放置してきた。これからは地上に出たあとのことも考えないといけない。地上がどういう社会かもわからないから目利きもなにもないが、そのへんは適当に選んでいくしかないだろう。

ガーゴイルの毛皮と羽を丸めてカバンに詰め込み、いよいよ三十台の階層へ。

何度も道に迷い、獣と戦い。

飲み水が手に入らなくて喉の渇きに苦しんだり。
大岩の降ってくるトラップで危うくぺしゃんこになりかけたり。
ときおりくだらないことでタミコと口喧嘩したり。
真っ白な真珠のような宝石を含んださやえんどうを見つけたり。
巨大なイガグリが坂道から何個も転がってきたり。
ぐつぐつと煮えたぎる泥の沼を越えたり。
夜光虫やホタルゴケの胞子が舞う地底湖のほとりで何時間もぼーっとしたり。
目まぐるしく変わっていくメトロの風景に心を打たれたりしながら——。
ボススライムとの死闘から十日後。二人はついに二十九階に到達する。

＊＊＊

メトロ獣は通常、タミコのような正確な敵戦力の分析能力を持っていない。二十台の階層の獣とは30以上のレベル差があるにもかかわらず、やつらは本能と食欲だけで襲いかかってくる。察して近寄ってこないやつもいるが。

それでも獣除け胞子を撒けば、ありがたいことに格の違いを察してほとんどが引き下がってくれる。ただ、このスキルはあまり燃費がよくなく、散布し続けると疲れるし腹も減る。まあ、ザコをいちいち相手にするよりはずっとマシだが。

「そういやタミコには獣除け効かないな」

「ケダモノどもといっしょにすんじゃねえりす！　シャー！」

　タミコだけでなく、昆虫系やキモグロ系のやつらにも効果が薄いようだ。知性や理性よりも捕食本能のほうが強いせいか、獲物とみるや果敢に攻め込んでくる。

　愁としても、さんざんスライムの相手をしてきたのでキモグロ系へも立派に耐性がついていて、胞子嚢をとり出すときにいちいちえずく程度で済んでいる。

「おっ、階段みっけ！」

　心なしか、上に行くにつれてフロアの面積が縮まってきているように思える。階段から階段までの道のりも、四十台の階層は三時間以上かかっていたはずだが、メトロ獣に絡まれる機会が減ったこともあり、今ではその半分ちょっとで次のフロアが見えるようになっている。

　二十九階から一日で折り返し地点の二十五階まで、さらに一日で二十一階まで踏破する。

　いよいよゴールが見えてきて、愁とタミコはそわそわと浮つきはじめる。

「やべーな……ちょっと緊張してきた……」

なにせこの五年、死と隣り合わせの日々の中、夢に見続けたその瞬間が近づいているのだ。この調子だと一桁階層まで行ったら泣いてしまうかもしれない。

「そうりすね、あたいもドキがムネムネりす」

「百年後も残ってんのかそれ」

「あとちょっとりす。ここまできたらゴールはもくぜんりす」

「……いや、こういうときこそ気を引き締めないとだよな。調子こいてゴール手前でずっこけて大怪我なんて草も生えんわ」

「ガクシューしたりすね」

「まあね、アベシューだからね…………なんか言ってくれ、俺が悪かったから」

そして足を踏み入れた二十階。

そこで二人を待ち受けるものがある。

＊＊＊

「……アベシュー」

「ん？」

「あっちからなにかきこえるりす」

肩の上でタミコが耳をぴんと立てている。

「なにかって？」

「……たたかってるりすね。かたほうはおっきなケモノだとおもうりす」

愁も耳を澄ませてみる。かすかな破壊音、遠いおたけび。ちりちりと地面が震えている気もする。

「獣同士でやり合ってんのかな。結構派手にやってるな、近づかないほうがいいかも」

「そうりすね……いや、まつりす。なんか……」

「なんか？」

「……ニンゲンりす。ニンゲンがいるりす、たぶん」

「マジで⁉」

「マジりす！　ニンゲンのこえがするりす！」

（まさか、こんなところで五年ぶりの出会いが？）

この五年間で、ここまでの道中で、一度も誰とも出会うことはなかった。地上に出るまでそうだろうと思い込んでいた。

「アベシュー、まちがいないりす！　ニンゲンがケモノにおわれてるりす！」

「ままマジか！　そりゃやべえ！　つーかめっちゃ緊張するんですけど！」

「はやくたすけにいくりす！　はしれノロマ、ゴーゴーゴー！」

「上官モード久々だな」

心の準備ができていないものの、事態は急を要するようだ。愁はぐっと身を屈め、地面を蹴る。

廊下の壁が飛ぶような勢いで通りすぎていく。タミコの指示どおりに分岐路を進んでいく。道中のメトロ獣は無視して突っ切る。

道を抜けた先に部屋があり、愁の耳にもその剣呑な物音ははっきりと聞こえるようになる。その手前でいったん足を止め、そこにいるものを感知胞子で捉える。

大きな獣がいる。派手に暴れ回っている。

それと対峙しているのは――間違いない、人間だ。

マントを羽織った少年が、バックステップで距離をとりながら、部屋に駆け込んだ愁たちに顔を向ける。バイク用のゴーグルのようなものをかけている。

向かい合う獣は――ぼてっとしただらしない腹を持つ体高二メートル超の巨大猪だ。体毛は紫、脚が短く、トカゲや恐竜を思わせる尻尾を持ち、下顎からせり出した牙がサーベルのように発達している。

「来ちゃダメっ！　成長個体ですっ！」

幼さの残る、けれど凛とした声だ。かなり若い。右手にはナイフ、左手には白い紐のようなものを持っている。

「ゴァアアアッ！」

猪がおたけびをあげ、少年へと突進する。

少年は横にかわしながらナイフを振るう。体重がかかっていないせいか、毛皮の表面を滑るだけで傷はつかない。

猪突猛進——かと思いきや、猪はトカゲの尻尾をうねらせて反転し、さらに少年へと迫る。図体に似合わない機敏な動きだ。

突進、牙の突き上げ、尻尾の振り回しと打ちつけ。攻撃パターンは少ないものの、鋭く隙がない。成長個体というだけあって、このあたりのメトロ獣と比較しても別格の殺傷能力だ。

しかもこの猪、愁たちに対しても警戒心を向けている。目の前の少年を相手にしながら、ちらっちらっと愁たちを視線の端で窺うことを忘れていない。知能も高そうだ。

対する少年も、小回りを生かしてうまく横合いからナイフで斬りつけ、あるいは距離をとって紐を鞭のように打ちつけたりしている。しかし焼け石に水、ダメージを与えるにはほど遠い。動きを見るに撤退する機会を窺っているようだ。

「タミコ、こいつらのレベルは？」

「んーと……でかいのは40くらい、ニンゲンは20ちょっとくらいりす」

やはり見てのとおり、力の差は歴然だ。

「アベシュー、たすけないりすか？」

「いや、助けたいけど……いいんかな？」

この世界の狩人の流儀やらマナーやら、そういうものを愁は一切知らない。「来ちゃダメ」と言われたことだし、安易に手を出して「獲物を横どりしやがって！」的に怒られたり訴えられたりするのが怖い。

かと言って、今のままでは少年に勝ち目がないのも明白。このまま戦い続けるのは危険だ。そのへんの獣ならともかく、目の前で人に死なれるのも寝覚めが悪い。

「あのっ！　助けていいっ⁉」

大声で呼びかけてみる。ちょっとドキドキしている。

「はっ⁉　危ないですっ！　逃げてっ！」

少年が一瞬よそ見をした、次の瞬間。

猪が大きく息を吸い、ゴバッ！　と大量の黒い煙を吐き出す。

「アベシュー！　どくりす！」

「うおっ！」

愁は思わず壁際まで飛び退く。少年も間一髪で呑まれる前に大きく距離をとるが、それでもいくらか吸い込んだのか、口元を押さえてぐらっと上体を揺らす。

「おいおい、やばくね？」

げえっ、と少年が膝をついて嘔吐する。それを見た猪が蹄をガチガチと床に打ちつけ、勢いをつけて突進する。

（しゃーねえ！　緊急避難！）

愁は身を屈め、跳躍力強化で床を蹴る。

左手に菌糸大盾を出し、横合いから体当たり。

「おわっ！」

想定以上の重さで愁の身体がはじかれるが、猪も吹っ飛んで横に倒れる。床を滑るようにしながらも器用に尻尾を振ってすぐに立ち上がる。

「タミコ、あの子のとこに」

「りっす！」

　タミコが少年のほうに向かうのを見届けて、愁は猪と正面から対峙する。

　その威圧感に背中がひりひりする。手に汗がじわっとにじむ。

　図体のせいか、それとも顔が怖いせいか、タミコのレベル評価以上に手ごわそうに感じられる。

「ゴァアアアアアアアッ！」

　威嚇をこめたおたけびがびりびりと部屋を震わせる。レベル差だけなら愁のほうが遥かに格上だが、興奮のせいか無謀のせいか、引き下がろうという意思はなさそうだ。

　愁は半身を切り、大盾で隠すようにして、右手にしゅるしゅると菌糸ハンマーを生み出す。レベルアップの効果か、あるいは菌能自体の進化なのか、最初は一メートルほどで固定だったハンマーの柄の長さが調整できるようになっている。最大で二メートルほどだ。

　猪が突進してくる。砲弾のような勢いだ。

　――それでも、ボススライムのスパイクタックルにくらべれば。

「お、お、お――」

　愁の背筋が軋む。握りしめた柄がみしみしと音をたてる。ハンマーの先端が青白い胞子光をまとう。

　そして、背後から一気に振りかぶり、まっすぐに振り下ろす。

バキイッ！　と猪の頭蓋骨が陥没する。

顔面から床にめりこみ、横に退いた愁の足下までずるずる滑り、静止する。

目玉が飛び出し、だらりとちぎれかかった舌が垂れている。それでもまだぴくぴくと痙攣している。

「悪いね、恨まんといてね」

左手に菌糸刀をとり出す。それでゴリッと首を断つと、ようやく猪は動かなくなる。

ふう、と肩の力を抜いて一息。結果だけ見ればワンパン勝利だが、久しぶりに少し怖いと思う戦いだった。

少年のほうに向かう。横たわったままの彼は呼吸が浅く、意識が朦朧としている。タミコが声をかけて顔をぺちぺち叩いている。

「いしきはあるりす。でもうごけなさそうりす」

「うーん、どうしよう……病院に連れていきたいけど……」

地上に出るまでにこの子がもつだろうか。

解毒作用のある草はいくらか持っている。まずはそれを食べさせるしかないか。

「アベシュー、アレをのませてみるりす」

「アレか……効くんかなあ」

第十一の菌能、謎の菌糸玉。

緑色で、治療玉のようにたっぷりと汁を含んでいる。薄緑色の薬っぽい味の汁だ（タミコはあまり好きではないらしい）。

その効果は未だにはっきりとはしていないが、五十階で毒キノコを食べて中毒状態だったネズミに汁を飲ませたところ、元気になったという検証結果がある。なにかしらの解毒作用があるようだと推測される。

「まあ、他にやれることもないし……」

少年の頭を膝に乗せ、上向きにさせる。ゴーグルを額に持ち上げる。

まじまじとその顔を見て、愁はドキッとする。

――不覚にも、可愛いと思ってしまった自分がいる。

十代半ばくらいだろうか。首にかかる長さの栗色の髪、やや尖り気味の耳。ふさふさの睫毛、細いがしっかりした眉、すらっとした鼻筋、ぷっくりした唇は濡れている。中性的――女の子だとしても美少女と呼べる造形だ。

愁の性愛の対象は女性だ（少なくとも元の世界で生きていた頃は）。それが今、突如として現れた超絶美少年にその理性がぐらぐら揺れている。

五年間地獄を見てきた末に、初めて出会えた同種の存在。必要以上に眩しく見えるのもしかたないのかもしれないが——「どうしちゃったのよ」と自問せざるを得ない。

「アベシュー、どうしたりすか？」

「んにゃ⁉　いやはっ！　なんでもないりすよ！」

今はドギマギしている場合ではない。右手に緑の繭を生み出し、ぐしゃっと握りつぶす。あふれた汁を彼の口に含ませていく。

こくん、こくん、と彼の喉がそれを通していく。

（これ、絵的にやばくね？）

自分由来の汁を飲ませている。タミコやユニおに食べさせてもなにも思わなかったが、背徳感がすごい。

病的に青ざめていた顔色がゆっくりと血の気を帯びていく。呼吸が深くなだらかになっていく。朧げだった目がぱちりと開き、「ん……あ……」と小さくうめく。

愁と少年の目が合う。しばらくぱちぱちと瞬きしたかと思うと、「きゃっ！」と飛び起きる。

「あ、まだ動かないほうが……」

愁の言葉どおり、彼はまた胸を押さえ、おえーっと吐く。さっき吐いたばかりなので胃液しか出ない。

「……あなたが……【解毒】を……？」

「え、あ？　これのこと？」

もう一度右手に緑色の菌糸玉を出すと、彼がそれをぱくっとくわえる。猫の餌づけのごとく、愁のてのひらを舐める勢いで。

（もしかして、この子って――）

うつむいて必死にもぐもぐする彼に、愁は一つの疑念を抱く。

「あの――」

食べ終えた少年が、改めて愁の前に座り直す。顔色がだいぶ戻っている。

「ありがとうございました。助けていただいて」

ぺこりと頭を下げる少年。

その瞬間、愁の胸ははちきれそうになる。

五年ぶりの人間との邂逅。五年ぶりの人間との対話。

――まだ地上には出ていないのに、目的は達成されていないのに。

これまでの地獄がすべて報われたような心地になって。

「……ごめん、ちょっと待って……」

愁は顔をそむけ、肩を震わせる。

「アベシュー、ないてるりす」

「言わなくていいから」

＊＊＊

「ボクは、イカリ・ノアといいます。イケブクロトライブの狩人です」

少年がそう名乗る。一人称(いちにんしょう)はボクか。

（池袋(いけぶくろ)？）

（まだブクロあんの？　トライブって？）

「あの……あなたは……」

「あ、えっと……俺は阿部(あべ)愁です」

「あたいはタミコりす」

彼はすでにタミコを認識(にんしき)していて、少し戸惑(とまど)ったような表情をしているが、初対面時の愁のように取り乱したりはしない。

「ナカノのカーバンクル族……ですよね……？」

「あたいのなかまをしってるりすか？」

「いえ、初めて会いました。ひいじい——曽祖父に聞いたことがあるだけで」

魔獣——しゃべる動物という存在は、この世界の人間にはわりと常識のようだ。

「えっと……アベ、さんは……どこのトライブの方ですか？」

「あ、いや、その……」

トライブ——種族とか部族とかいう意味だったと記憶している。どこのと言われても、行田市生まれの現豊島区民だ。好きなものは東京名物油そばだ。それをそのまま答えていいものか。

「あ、すいません。いきなり不躾なことを。でも……すごいですね、ソロでカトブレパスの成長個体をあっさり倒すなんて……」

あれがカトブレパスか。毒息を吐くグロテスクな牛だか豚だかだったような。ゲームだとわりと強敵なモンスターのイメージだ。

「あ、えっと、獲物を横どりしちゃってごめんね？」

「いえ、そんな！　ボク一人じゃ無理だったし、なかなか逃げる隙がなくて……ほんとに助かりました、ありがとうございました」

とりあえずクレームや訴訟に発展せずに済みそうでひと安心。どの時代でもリスクヘッジというのは社会人の嗜（たしな）みだ。

「いろいろとお話を伺（うかが）いたいですけど、先にこれを解体しないと、お二人にお礼もお渡（わた）しできないですし……向こうに水辺があるので、作業しながらでもいいでしょうか？」

ノアは手からするすると先ほどの白い紐のようなものを出し、それをカトブレパスの後ろ脚にくくりつける。菌糸を撚（よ）り合わせた紐を出す菌能か。それで引っ張って運ぼうとしているようだ。

「……んぎぎ……！」

ノアが紐を肩に通し、顔を真っ赤にしながら引きずっていく。おそらくキロでなくトンの重さだろう、狩人でも容易に運べる重さではなさそうだ。

「あ、俺も手伝おうk――」

ノアの前に回ったとき、愁の目が飛び出んばかりに見開かれる。

彼（かれ）は小柄（こがら）だ、たぶん百五十センチ前後だろう。首から膝までの丈（たけ）の深緑色のマントを羽織っているせいで体型がわかりづらい。

だが――右肩から左腰（こし）にかけた紐が身体（からだ）に食い込んでいる。

スラッシュしたその紐が、胸の膨（ふく）らみをばっちり浮（う）かび上がらせている。結構なボリューム。

見てはいけない。頭ではわかっている。だがこの目が逸らされるのを拒んでいる。水晶体と角膜が、毛様体と網膜が、「これぞ我らが天命！」とばかりにその光景を掴んで離さない。その忠誠心には頭が下がる。

「……えっと……」

「……きゃっ！」

ノアが慌てて胸を隠す。顔がいっそう赤くなっている。

「……やっぱ女の子だったんか……」

愁も同じだ。頬袋に湯たんぽを詰め込まれたように顔中熱い。

「……すいません、あの……隠してたわけじゃ……いや、隠してたんですけど……」

まあ、男の子を偽る事情もなんとなく察しがつかないでもない。狩人などという職業が成り立つ以上、世の中が以前よりも物騒になっているのは間違いないだろうから。

でも――だとしたら、どうして一人でそんな危険な仕事をしているのだろうか。

「あたいもメスりすよ？」

「うん？　うん」

女の子に大荷物を運ばせるのも忍びないので、愁が紐を引っ張り、ノアに後ろから押してもらうことにする。さすがにレベル66の肉体でも車輪のないトラックを引くのはしんどい。それでもずるずると巨体が動きだす。

（でもこの紐、結構頑丈だな）

（何重にもしてあるけど、全然ちぎれそうにない）

いろいろとつぶしの効きそうな能力だ。狩人以外の仕事でも。

そこへいくと——愁の能力はメトロ獣との殺し合いのほうに特化しているものが多い。

そのおかげで五年も生き延びてこれたわけだが、その先はどう役立てていけばいいのだろうか。

（地上に出たら）

（そのあとのことも考えなきゃ、か）

ノアの誘導に従って歩く。血のにおいか音のせいか、道中でメトロ獣が寄ってくるが、愁の獣除け胞子で追っ払う。

やがてたどり着いた水辺は、水路というか川だ。

幅は五メートルほどだろうか、右から左へ水が流れている。河原にはキラキラした柔らかい砂が敷き詰められ、その隙間から深海を思わせるカラフルでファンキーな菌糸植物が顔を出している。水深はそれほど深くなさそうだ。

ノアがてのひらから菌糸を出すと、刃渡り二十センチほどのナイフになる。愁の菌糸刀

の短いバージョンだ。

首のないカトブレパスの死骸の下腹部にそれを突き刺し、ぎゅっぎゅっと力をこめて腹のほうへと切り開いていく。慣れた手つきだ。

「あ、イカリさん」

「はっ、はい？」

「俺も手伝おうか？」

「あ、ありがとうございます」

ノアは死骸に向き直り、また解体を続ける。愁はぽつんと突っ立ったままだ。

「あ、あの……イカリさん」

「はっ、はい？」

「俺はなにをしたらいい？」

「え？」

イカリはぽかんとしている。自分よりも年上で実力も上の狩人が、まさかのド素人で指示待ちしているとは露ほども思っていないのだろう。サーセン。

この五年、自分なりに試行錯誤してきた我流のやりかたを持ってはいる。とはいえそれが本職のセオリーから逸脱していないとも限らない。下手に手を出して呆れられたり怒られたりするのが怖い。

ましてや可愛い年下の女の子にそうされたらヘコむどころではない。「体調不良なので休みます」と会社に連絡してスーパー銭湯で傷を癒やさないといけない。

「いや、その……君のやりかたに合わせようと思って。カトブレパスって倒したの初めてだから。なんでも言ってよ」

「あ、じゃあ……こっち押さえてもらっていいですか？」

そこからはスムーズに仕事は進む。ノアが手早く腹を割り、内臓を掻き出しにかかる。前の時代ならＪＫくらいの年頃だろうに、まったく躊躇することなく血や臓物と格闘している。やがて下腹部の奥からとり出した胞子嚢二つを、そのまま愁に渡す。

「お二人が仕留めた獲物ですから、遠慮なく食べちゃってください」

愁は少し迷った末に、一つをノアに戻す。

「俺はタミコと半分でいいや。一つは君が食いなよ」

推定レベルだけで言えば、これよりも上等なものをさんざん食ってきた。今さら一つや二つ惜しくはないし、彼女が食べたほうが恩恵は大きいだろう。

ノアは目を輝かせ、「ありがとうございます！」と頭を下げる。そして勢いよくかじりつく。ＪＫがドロドロ白濁した液を飛び散らせながら食べ進めるさまから愁は目を逸らす。

まじまじ見ていたら逮捕ものだ、というかそういう目で見る時点でアウトだ。平成生まれはセクハラに敏感でなければ生きていけない。

「んあっ！」

と、急にノアが声をあげる。

「ど、どした⁉　だいじょぶ⁉」

「あ、いえ。すいません。レベルアップしたんで……」

「ああ、身体ビキビキね。おめでとう」

ちょっと色っぽいあえぎ声だったのでドキッとしてしまったのは内緒だ。

「イカリノアはレベルいくつりすか？」

「タミコ、そんな風に気軽に聞いちゃダメだと思うよ」

「いえ、お構いなく。ボクは今24になったところです」

「ほお」

ほぼタミコの見立てどおりだ。それが狩人の業界において相対的にどれくらいの位置なのかはわからないが。

「あたいは41りす」

訊かれてもいないのにあっさりバラすタミコ。自分のほうが上だからだろう。その証拠にむんっと胸を張っている。

「え、す、すごい……40超えなんて、ボクよりだいぶ上なんですね……ちなみに、アベさんは？」

「俺は……たぶん66だと思う」

危うく胞子嚢を落としそうになるノア。

「……レベル60オーバー……達人級じゃないですか……」

「あ、うん？　まあたぶんだけど（達人？）」

タミコ母の相棒が53で「優秀な狩人」だったそうだから、60超えの愁もそれくらいの評価はされるのかもしれない。実態は世間知らずのド素人だが。

胞子嚢もぐもぐタイムを終え、解体を続ける。ノア曰く、剥いだ皮と肉を持って帰りたいそうだ。

「カトブレパスの皮は、狩人向けの衣類の材料になります。レアな成長個体ですから、かなり上質なものになると思いますよ。それと肉は、脂身が多くてとても濃厚な味わいだそうです。ここで塩漬けにして、地上でベーコンをつくろうかと」

「べべべべーコン！」

そんな文化が残っていてくれたというのか。なんと魅惑的な響きだろう。炙ったベーコ

ンの香り と麦酒の喉越しが脳内で再現されてたまらない。よだれが止まらない。

「ちなみに肉って毒とかないの？　さっき毒吐いてたよね？」

「大丈夫です。内臓に近いところは避けないといけないですが、これだけの巨体ですから、食べ放題ですよ」

そうならばと、愁も菌糸刀を出して手伝う。ノアが一瞬びくっとするが、切り分ける部分を教えてくれる。途中までは興味深そうに観察していたタミコだが、飽きたのか雑草でベッドをつくって昼寝を始める。ぴー、ぴー、と呑気な鼻の音が規則正しく鳴りはじめる。

「……あの、すごいですね、アベさん」

「へ？」

「その若さでレベル60オーバーなんて……」

「いやまあ……つーか、すごいの？」

「謙遜しないでいいですよ。それに菌能も、【戦鎚】に【戦刀】……【大盾】や【解毒】まで……菌職は〝聖騎士〟ですか？　ボクは見てのとおりの〝細工士〟ですけど……」

「き、きんしょく？　せーきし？」

なんだか耳慣れない単語がいくつか飛び出してくる。それらが愁の頭の中で渋滞する。

「……あ、すいません。勝手に菌職とか訊いちゃって……」

「いや、その、なんつーか……」

愁は腕を組んで少し考える。

このままよくわからない狩人語？　が頻発するようなら、いつまでもモゴモゴしていなければいけなくなる。

この際だから、自分の境遇をすべて打ち明けてしまいたい。今すぐ五年の間に積もりに積もった質問をすべてぶつけてしまいたい。

問題は、彼女がどういう反応をするかだ。

百年も前の人間。旧文明の人間。五年もメトロの奥で暮らしてきた。

そんな話をしたら、彼女は――この世界の住人はどのように思うのだろうか。想像もつかない。

目覚めて初めて会えた人間だ。とてもいい子そうだし、しかも可愛い。

そんな子に、信じられないと鼻で笑われるくらいならまだいい。からかわれたとプンスカ腹を立てるくらいならまだいい。想像したら可愛いからむしろ見たい。

だが、不審者と思われ、イタいやつと嗤われ、心を閉ざされたり関係を切られるようだとつらい。というかたぶん泣く。

「……アベさん……？」

（……でもまあ、避けては通れないか）

（一応恩人だし、邪険にはされないよね？）

愁は頭をがしがしと掻き、顔を上げる。ノアは少し戸惑ったような表情をしている。

「あのさ、イカリさん。聞いてほしい話があるんだけど」

「はい、なんでしょうか？」

「今からいろいろ変なこと言うかもだけど、ドン引きしないでもらえるとありがたくて」

「変なこと？」

「……俺さ、たぶん百年前？　の人間なんだ。狩人もメトロもない、前の世界に生きてた人間っていうか」

そして、堰を切ったように愁は話しだす。自分の正体を。この五年間のことを。

迷宮メトロもメトロ獣もなかった世界で会社勤めをしていた。ちょっとした事故で大塚の病院に入院し、そこでメトロの氾濫――なにかしらの天変地異のようなものを迎えた。目を覚ましたらこのオオツカメトロの地下五十階にいた。

途中からタミコが起きてきて、話を補足してくれる。単身でオーガを前歯のサビにしたとかいう大見得武勇伝は否定しておく。

五年に渡る死と隣り合わせの毎日を送り、能力を鍛え、ついにボスを倒して五十階を脱出することができた。そうして上へ上へと地上をめざす道中でノアに会い、今に至る。

ノアはぺたっと腰を下ろしたまま、呆然としている。特に口を挟むでも質問をするでもなく。話し手としてはありがたいが、自分の荒唐無稽な冒険譚をどのように受け止めているのか、愁は内心ハラハラしている。

十分ほど続いた話が終わると、ノアは手で顔を覆い、大きく息をつく。

「……信じられない……」

「だよね、そんなもんだよね……」

「……これまでたくさんの狩人が討伐に挑んで、誰も倒せなかった……あのサタンスライムを倒したなんて……」

「だよね、ってそっち？　あいつサタンスライムなんて呼ばれてたの？」

「ほんとりすよ。あたいがショーニンりす。アベシューはカーチャンとそのあいぼうのカタキをとってくれたりす」

「……一つだけ、確認させてもらってもいいですか？」

ノアがふらっと手を伸ばし、愁の手をとる。ちょっとドキッとする愁の、てのひらをすっと菌糸のナイフで切る。

「いたっ！　ちょ、なにすんの⁉」

「よく見せてください、治るところ」

もしかしてヤンデレさん？　などと訝しむ愁をよそに、血の浮かぶ傷口は青黒いカビに覆われて勝手にふさがっていく。

「青黒い菌糸……【自己再生】よりも遥かに早い再生……ふ、【不滅】の菌能……」

「ふめつ？」

ノアが顔を上げ、まっすぐに愁を見る。

表情がなく、青ざめている。その奥にある彼女の感情がどのような類のものなのか、愁には読みとれない。

「……本当なんですね。あなたは旧文明の、東京の民……」

「東京……そうだけど、てか信じてくれんの……？」

ノアは愁の手を離し、呆然とつぶやく。

「……英雄の器……十三人目の……〝糸繰士〟……」

＊＊＊

「あの、イカリさん？　その、イトクリシって？」

いーとーまきまき、いーとーまきまき。

頭に浮かんだ童謡はすぐに消える。その続きを思い出せなかったから。

彼女はしばらく目を泳がせ、逡巡し、小さく首を振る。

「……どこから話したらいいのか……とても長い話になります。続きは……地上へ出たあとでもいいでしょうか？」

「え？　地上に出てから？」

とんでも身の上話を信じてもらえたのはいいが、そして事情に詳しそうなのはありがたいが——そんなにも大仰な話なのだろうか。

「うん、まあ……今さら急ぐことでもないかもだけど……ていうか俺もいろいろ訊きたいことありすぎて、こんなところで長話するのもアレだよね、確かに」

「すいません。解体も終わってないですし、持ち帰る分の下処理もしないと。今日の夕食は牡丹鍋にしましょうか」

「牡丹鍋!?　マジで!?」

話したいこと訊きたいことが一気に吹き飛ぶ。

「ぼたんなべってなにりすか？」

「猪肉の鍋だよ。キング・オブ・ジビエだ」

「うまいりすか？」

「そりゃ……食ったことないわ」

ノアがくすっと笑う。

「鍋と野草と調味料はあります。実はボク、それが狙いでカトブレパスを狩りに来たんです。ネリマで食べたあの味が忘れられなくて、ここに出るって聞いて。あんなに強い成長個体がいるとは思わなくて、危うく逆に食べられちゃうところでしたけど」

そうと決まればお手伝い再開。テンションも十割増しだ。

指示どおりに骨を外し、肉を切り分け、川の水で洗う。もも肉の切れ端をタミコに渡すと、もちゃもちゃ咀嚼して「ふむ、オオカミよりジューシーりす」とのこと。

ノアは肋骨付近のバラ肉に塩をまぶし、なにか香草のようなものを巻きつける。マントの下に提げたショルダーバッグから麻の袋をとり出し、それに肉と謎のキノコを一緒に入れる。「乾燥剤になる」ということらしい。

「十三階に、獣の入れない隠れ家みたいな部屋があるんです。ちょっと遠いですが、そこまでがんばれば今日は安心して眠れると思いますよ」

「オッケー、行こう。隠れ家大好き」

ノアの先導に沿って、愁が荷物を脇に抱えて歩く。下処理した肉、約十キロ。今の愁には大した重さではない。

タミコの聴覚と愁の感知胞子で絶えず警戒する。寄ってくる獣がいれば愁が威嚇して追っ払う。通常種のカトブレパスも見かけるが、先ほどのやつのように無謀に突っかかってきたりはしない。

「すごいですね……この階層のメトロ獣が子犬みたいに逃げていくなんて……」

「まあ、さっきのカトブレパスはともかく、あのくらいなら五十階のやつらにくらべたらマジで子犬かもね」

「ふん、あたいのてきじゃないりすね」

「うん？　うん」

自分よりレベルの低い子がパーティーに加わったことで、ちょっぴりイキりモードに拍車がかかっているイキリス（十歳）。

上階への道はきちんと記憶しているらしく、一度も道に迷うことなく階段にたどり着く。地下十九階、十八階、十七階……。ノアのおかげでかなりのペースで進んでいける。

「ちなみに、十三階から地上まではどのくらいかかるんかな？」

「早朝に出れば、明るいうちに外に出られると思いますよ」

顔を見合わせ、うなずき合う愁とタミコ。

いよいよだ。

明日、ようやく地上に出られる。

ホタルゴケの色が白から青に変わった頃、三人はようやく十三階にたどり着く。

ここまでほぼノンストップで歩きづめなので（タミコ以外）それなりに疲弊している。

さらに十分ほど歩いたところで、ノアが壁の亀裂にするりと身を滑り込ませる。そこが隠れ家のようだ。

亀裂の先には、ホタルゴケの少ないほぼ真っ暗な部屋がある。感知胞子で測るとおよそ十メートル四方くらいだろうか。ごつごつとした岩の床に腰を下ろすと、くたびれた足がじわっとほぐれていく。

ノアがバッグからランプを出す。中に入れるのはロウソク――と思いきや、茎の太いツクシのような植物だ。その先端にマッチで火をつけると、ちろちろと優しい明かりで部屋を照らしてくれる。

マントを脱ぐと、ジャージのようなぴったりとした黒い服を着ている。レギンスパンツには暖色のミニスカート？　キュロット？　を合わせていて、そう見ると一気に女の子っぽくなる。

「狩人ってそういう服を着るの？」

「そうですね、オーソドックスなジャージだと思います」

「やっぱりジャージっていうんだ」

「安物でもわりと丈夫で防刃性も優れてるし、汚れとかにも強いし。大抵の狩人が愛用してますよ」

「なるほど」

ボディーラインがはっきり出ている。改めて見ると、なんというか、かなりでかい。五年ぶりの生身の女の子、太陽のごとく眩しい。

あまりじろじろ見ないようにしようと努めるが、忠義に厚い視神経の組織衆はよかれと思って勝手に動いてしまう。臣下の好意なら無下にはできない。

「じゃあ、鍋の準備をしますね。アベさんとタミコさんは水を汲んできてもらえますか？ここを出て右に少し進んだところに水場があるんで」

「オッケー、任して」

言われたとおりに進むと、二・三分でちょっとした泉のある広場に出る。菌糸植物が生い茂り、紫色に光る蝶がひらひらと舞っている。五十階のオアシスに似ている。

「なんか、あそこにもどったみたいりすね」

「だな」

「ユニおさん、げんきりすかね」

「元気だといいな」

泉の水を手ですくってみる。不純物のない綺麗(きれい)な水のようだ。においもしないし変な味もしない。愁とノア、二人分の水筒(すいとう)に水を汲み、ついでに顔と手を洗う。

角の生えた兎(うさぎ)が少し離れたところから愁たちを不思議そうに眺(なが)めている。五十階にはいなかった中型のメトロ獣だ（と言っても大型犬くらいはあるが）。

兎肉もジビエではよく聞く食材だし、平常時なら今日の晩ごはんにしようと意気込むところだが、あいにくこれからご馳走(ちそう)が待っている。お行きなさい的に見逃(みのが)すだけの心の余裕(よゆう)がある。

「アベシュー」

「ん？」

「あのイカリノアってニンゲンは、いいニンゲンりすか？」

「普通(ふつう)にいい子だと思うけどね」

少なくとも害意や敵意はなさそうだ。なにか隠しているというか、こちらに言いづらいことがありそうなのも確かだが。

「なら、あたいはアベシューをしんじるりす」

「ありがたいこと言ってくれるね、このリス公は」

隠れ家に戻ると、ノアが石をまな板代わりに具材を切っている。肉、ねじくれた野草、見たこともない青っぽい根菜、そして人の拳ほどもあるキノコ。なかなか個性的な具材が踊る鍋になりそうだ。

石を円形に並べる。その真ん中に黒い碁石のようなものをいくつか置く。そこに火をつけたマッチを放ると、碁石に引火して赤く燃える。バーベキューの木炭のようなものらしい。

「じゃあ、牡丹鍋つくりますね」

「オッス！」

「りっす！」

鍋は二人用くらいのサイズで、フライパンのような底の浅さだ（取っ手が外せるっぽいので携帯に便利そうだ）。そこに猪肉からこそぎとった脂を落とし、具材を炒める。その時点でもうたまらないにおいが部屋に立ち込める。

水を入れ、調味料を入れる。塩、ちぎったハーブ、それににおいからして味噌だ。くつくつと煮えてからノアがスプーンで汁をすくい、味見する。無言でうなずく。

野菜、キノコ、そして満を持して薄くスライスされた猪肉が投入される。愁とタミコのよだれ量がストップ高を迎える。

永遠にも等しい数分後。スプーンと具材をとり分けた器が手渡される。タミコには箸代わりの爪楊枝と子ども用の茶碗のような小さな器。

二人はノアの顔を窺う。エサを前に主人を窺う犬のような目で。

「さあ、召し上がってください」

彼女の笑顔に、二匹のアニマルのタガが外れる。高らかに手を合わせ、「「いただき（ます）（りす）！」」と声を合わせる。

まず汁をすする。濃厚な味噌の風味が舌を鷲掴みにする。脂の甘みとにんにくのパンチが脳を揺さぶる。「むはぁっ！」と幸福なため息が漏れる。

猪肉は噛むほどに弾力が返ってくる。ややワイルドなくさみはあるが、ほとんど豚肉と変わらない。脂身が口の中でとろける。

うまみをたっぷり吸ったキノコはジューシーで、野草はそのほろ苦さがスープの味とベストマッチしている。銀杏のような木の実は、そのホクホクした食感が楽しい。

「うめえ……ああ、うめえ……それしか言葉が出てこねえ……」

「はふはふ！　ほおぶくろにひろがる、おくぶかいコクとアブラのあまみ！　ノーコーでしたがしびれる！」

　タミコは爪楊枝の先っぽで器用に具材を引き寄せてかじっている。顔中汁でべちょべちょだ。

「うまうま、うまたにえんりす！　あたいこんなのはじめて！」

　五十階でも狼肉やゴブリン肉を煮たり焼いたりしてきた。愁たちにとっての贅沢料理ではあったが、調理スキルもろくな調味料もない状況ではあくまでも「いつもより多少マシなあったかいメシ」でしかなかった。

　デンジャラスこそグルメを地で突き進んだ五年間。そこへきてこの牡丹鍋。五年ぶりのまともな料理。

　うまくないわけがない。感動せずにはいられない。

「あーもう……全身でうまいが止まらない……」

　涙を流しながらかっこむ二人を見て、ノアは満足げだ。彼女も鍋から直接スプーンですくい、肉を頬張って身悶える。

「んー、おいしい！　自分たちで手に入れた肉だから、なおさらですよね。狩人やっていてよかったって思える瞬間っていうか」

「ほんとだね」

「具はいっぱいありますから、どんどんつくっちゃいますね。次はタミコさんに合わせてもう少し薄味にしてみましょうか」

「りっす！　イカリノアさいこうりす！」

「餌づけされてんなよ（俺もだけど）」

今日の夕飯用の肉はどかっと一キロ近くあったはずだが、気づけば三人で全部たいらげてしまう。こんなにも心の底から「ごちそうさま」を言えたのは人生初かもしれない。

三人で鍋と食器を洗いに水場に向かい、水の補充も済ませる。隠れ家に戻ると、ノアがサビ焦げだらけの小さなポットで湯を沸かしはじめる。

「コーヒーはお好きですか？」

「めっちゃ好き。つかコーヒーまであんの？」

カップとお椀にお湯を注ぎ、黒っぽい粉末を溶かす。インスタントコーヒーのようだ。

「ネリマ産のキノコーヒーです」

「キノコーヒー？」

「コーヒーキノコを焙煎して砕いた粉末です。これを溶かして飲むのがキノコーヒー」

「なるほど」

見た目も香りも完全にコーヒーだ。ノアが躊躇せずすするのを見て、愁もそれに倣う。

「ああ……うめえ……」

　やや濃いめ苦めだが、確かに間違いなくコーヒーだ。懐かしすぎる、うますぎる。

　タミコにも一口舐めさせてみるが、「にがいりす」とあまりお気に召さないようだ。お子様にはまだ早いか。

　愁はちびちびと味わって飲み、食道を通る温かみにほっと一息つく。

（なんだろう）

（今日このまま死んでもいいやと思えるほど幸せ）

　今この瞬間のために生きてきたと言っても過言ではないかもしれない。

「アベさんは……この世界のこととか、狩人のこととか、自分の身になにが起こったのかとか、なんにもご存じないって話ですよね」

「うん」

「たぶん、ボクがお役に立てると思います。その……前の世界の話とか、他の人よりちょっぴり詳しかったりするので」

「マジで？」

　ノアはお椀のコーヒーをぐっと飲み干す。

「明日、一緒に地上に出ましょう。その目で確かめてもらってからのほうがいいと思うんで」

「ありがとう、助かるよ。いろいろとよくしてもらって」

「こちらこそ。お二人は命の恩人ですから」

ノアが屈託なく笑う。年相応の女の子らしいあどけなさがある。

「ちなみに……イカリさんって何歳？　って聞いていいんかな？」

「あ、はい。こないだ十八歳になりました」

「なるほど（もろＪＫやん）」

自分がそれぐらいの頃はなにをしていたかな、などと考えてみる。受験勉強を本格的に始めたのは高三の二学期に入ってからだった。それまでは毎日学校と家を往復して、自室でゲームをしてマンガを読んでエロサイトを見て、ときどき友だちの家で麻雀をしたりエロサイトを見たり。彼女もできずに青春のページを灰色に塗りつぶす日々だった。

と、今さらになって疑問に思う。

弱冠十八歳にしてこの子は、なぜ狩人などという危険できつくてくさい仕事に就いているのだろう。それともこの世界ではそれが普通だったりするのだろうか。

「アベさんはおいくつなんですか？」

「えっと……眠ってた時期を除けば、たぶん今年で二十八かな……」

アラサーまでにメトロを脱出するという目標にギリギリ届かなかった感がある。命があっただけでも儲けものとも言えるが。

「そうなんですね……二十八……」

愁の顔をじろじろ見て、少し意外そうに首をかしげるノア。

「失礼かもですけど、もうちょっと若く見えますね」

「だと嬉しいけど」

「あたいはじゅっさいりすよ」

「こないだおねしょしてたもんな」

「邪ッ！」

＊＊＊

疲労はあるが眠りは浅く、愁は何度も寝返りを打つ。

ホタルゴケが白っぽい光に変わった頃、ノアがむくりと起きて、「おはようございます」

と目をこすりながら言う。

「おはよう、イカリさん」

「早いですね」

「いよいよかーとか考えてたら、あんまり眠れなくて」

タミコは横でヘソ天してぴゅーぴゅーいびきをかいている。手が宙を掴むようにピクピクしている。腹をこしょると「んにゃっ⁉」とすぐに目を覚ます。

「け、ケダモノ！　オトメのねこみをおそうなんて！　いますぐやめ、やめ……これはゆめのつづき……？」

「二度寝すんな」

「朝ごはんが済んだら出発しましょう。日があるうちに外に出られると思うので」

干し肉とかたいパンの簡単な朝食は、それでも五年間の食生活を考えればじゅうぶんな贅沢だ。食後のお茶を飲み終えて（タミコでも飲めるほうじ茶だ）、三人は隠れ家をあとにする。

まだ半日、メトロの道のりは続く。ここまで来て事故などが起きたら悔やむに悔やみきれないので、絶えず感知胞子をばらまいていく。タミコの耳もビンビンだ。

「そういえば――俺ら以外に狩人はいないんかね？」

上階ならもっと人がいてもよさそうだが、その姿も（見たいわけではないが）死体も見かけていない。

「オオツカメトロは町からも多少離れてますし、めぼしい資源もなくて、狩人にはあんまり人気がないんです。昔はサタンスライムに挑もうとする勇敢な人もいたみたいですが、みんなことごとく返り討ちにあったり命からがら逃げ帰ってきたりで、ここの悪評に拍車がかかる形になって……」

「あいつそんな大ボスだったんか」

「レベル50超えの複数人パーティーや、達人級の有名なコンビでも討伐できなかったとか。なので正直……お一人でそんな化け物を倒したっていうのが……すいません、疑うわけじゃないですけど……」

「ふたりりすよ」

「あ、ごめんなさい。そうでしたね」

レベルをそのまま戦力として換算するなら、愁たちよりもその複数人パーティーのほうが討伐できる確率は高そうなものだ。

いや、レベルよりは菌能の相性、あのスライムの特性の問題かもしれない。愁としても胞子光と菌糸腕がなければ勝てる見込みはなかっただろう。

複雑な迷路の道をノアは迷うことなく進んでいく。獣除け胞子を撒きつつ、ときたま襲ってくるザコ敵を菌糸ハンマーで蹴散らし、胞子嚢はきっちり頂戴する。ノアが嬉しそうだ。

「んんっ！　この白くてドロッとして苦いのが！　このなまぐっさいかんじがたまんないんですよね！」

「その食レポいろいろアウトだと思うよ」

菌糸植物の草原を抜け、急流の水路を渡り、石筍の丘を越え、パイプの中を四つん這いで通過する。

地下十二階、十一階、十階。そして九階——ついに一桁階層に到達する。

そこからは興奮を抑えるのに必死で、階段を上るごとに鼓動が高ぶり、メトロの風景を楽しむ余裕もない。肩の上のタミコも絶えずそわそわして、自分の尻尾をはむはむしている。

そして、地下二階。

五十階のメイン通りに似た、地下鉄の線路を思わせる道。それがいくつも分岐している。

空気のにおいが変わったことに愁は気づく。

五十階からここまで、メトロの至るところで感じられたカビくささが、かなり薄まっている。わずかな空気の流れを頬に感じることができる。

「……もうすぐってことか……」

タミコがちゅんちゅんと鼻を鳴らす。愁はその頭を撫(な)でて、涙を拭(ぬぐ)ってやる。

「――行こう、タミコ。約束の場所だ」

地下一階は駅の構内を思わせる広いスペースになっている。ホタルゴケが少なくて薄暗(うすぐら)いが、奥のほうにわずかに光がこぼれている。最後の階段だ。

阿部愁がオオツカメトロに目覚めて、千八百十四日目。

階段を抜けた愁とタミコを、目がくらむほどの光が包む。

＊＊＊

「まぶしいりす……」

肩から下りたタミコが空を見上げている。

「あれが、タイヨー……めがゴリゴリするりす……」

「タミコさん、あんまり直視しちゃダメですよ。ただでさえずっと薄暗いメトロにいたんだから」

晴れている。うっすらと霞(かすみ)のような雲がかかっているが、昼下がりの煌々(こうこう)とした太陽がそこにある。

「でも……きれいりす……」

ぽろぽろと涙をこぼすタミコ。ぶるぶると尻尾を、小さな背中を震(ふる)わせている。

「てんじょうがたかいりす……ひろいりす……あおいりす……これがちじょうのそら……ちじょうのセカイ……」

「タミコさん……」

ノアがタミコの背中にそっと触(ふ)れ、優しくさする。

「カーチャン……やったりすよ……！　あたい、そとにでれたりすよ……！」

涙と鼻水でぐしゃぐしゃになりながら、それでもタミコは空を仰(あお)いでいる。

愁はというと——呆然としている。目と口を開けたまま立(た)ち尽(つ)くしている。

もっと心が震えると思っていた。きっと涙が止まらなくなるだろうと思っていた。

もちろん感動している。達成感に打ち震えている。地下世界に縛(しば)られていた重圧から解放され、身体(からだ)は羽が生えたように軽くなっている。

けれど——あたりの光景に目を奪(うば)われてしまっている。

——地上に出たとき、そこに文京(ぶんきょう)区大塚の街並みはない。

それは覚悟(かくご)の上だった。

アスファルトの道路も、立ち並ぶビルも、路面電車も。空を切りとる電線も、通りを走る車も、道行く人々も。そこにはないのだと。

タミコの母は言っていたそうだ。地上は美しいところだと。空はどこまでも広がり、緑が豊かで、山は高く、大きな川が流れ、キラキラと光る人間の町があると。たくさんの人間やたくさんの獣が生きていると。

その話を、愁はどこまで信じたものかわからなかった。あるいはタミコを励ます（はげ）ための方便だったのではないかとも思っていた。

荒廃（こうはい）した瓦礫（がれき）の街並みが続いている可能性を疑っていた。あるいは不毛の砂漠（さばく）、汚れた大地が広がっているかもと想像していた。

なぜなら、東京は滅亡（めつぼう）し、文明は崩壊（ほうかい）したのだから。

オオツカメトロの入り口——地下につながる階段の前に、愁たちは立っている。

その周囲を、むせ返るほどの緑が覆っている。

「これが……ほんとに東京かよ……」

地下鉄の迷宮を抜けた先は、奇怪（きかい）な菌糸植物の森の中だった。

予想に反して、痛みはほとんどなかった。だがそれはまるで、身体中のエネルギーを根こそぎ吸い尽くされるかのようだった。

「……ふうっ……ふうっ……」

切れ切れの呼吸の隙間から、キンコは、先ほど自分が出したものに目を向けた。

体液でぬらぬらと濡れた肉の塊。体毛はなく、ピンク色の無防備な肌は剥き出しになっている。頭頂部に埋め込まれた宝石は、キンコと同じ血のような赤い色だ。

(……正直)

(あんまり可愛くはないわね)

産まれたばかりの我が子を目にして、最初に抱いた率直な感想がそれだった。もっとも、このちっぽけなモンスターの姿は自身も通ってきた道だ。今は亡き母もそんな風に感じたかもしれない、などと思って苦笑した。

小さな腹を小刻みに上下させ、くるんと巻いた尻尾を抱くようにして丸くうずくまっている。まだ目は開いていないし、粘液が口元にまとわりついて声もあげられない。

我が子の身体を丁寧に舐め、粘液を拭ってやった。それにつられて赤ん坊はもぞもぞと身じろいだ。

（……ねえ、カツオ）

ウスイ・カツオ――相棒の狩人のことを思った。自分を逃がすために死力を尽くし、最強のスライムの前に散った彼のことを。

（あなたがくれた命が……この子と出会わせてくれたわ）

「……ようこそ、この世界へ」

優しく声をかけると、その子は口を開け、返事の代わりに「にーっ」と短く鳴いた。

カーバンクル族は通常、一度の出産で三匹前後の子を産む。

よく似た姿のシマリスという小型獣よりもやや寡産だが、とりわけキンコが産んだ子は――この子一匹だけだった。

こうしたごくまれに生じる一人っ子について、故郷では「数匹分の素質を一手に引き受ける寵児」「種族の行く末を担う特別な存在」といった迷信めいた重荷を持たせたがる傾向があった。

実際にそれが事実なのかどうかは不明だ。実はキンコ自身もそうだったのだが、物心ついてから今に至るまで、自分が特別な存在だと実感したことなど一度もなかった。同胞の中では〝狩人〟として多少優秀な程度だ。

この子も一見しただけではごく普通の赤ん坊だ。指を握らせてみるが、赤ん坊離れした腕力などを感じたりはしない。弱々しく、頼りなく、愛おしい非力さだった。

「……関係ないわ……」

温かみを求めるように鼻先を寄せてくる我が子を、キンコはその手でそっと撫でた。そこにある確かな命が、柔らかな肌の下でとくとくと脈打っていた。

（特別な才能とか、使命を背負うとか）

（そんなのなくたっていい）

この孤独な世界に生まれてきてくれた。

この過酷な世界に産んでしまった。

ならば、自分ができることはただ一つ。なすべきことはたった一つ。

「……あなたは、私が守るからね」

——命に代えても。

心からそう思えたこの瞬間、自分は本当の意味で母になったのだと悟った。

＊＊＊

オオツカメトロ、地下五十階。

強力なメトロ獣がひしめく迷宮の深奥において、カーバンクル族のちっぽけな母と娘──女の子だと把握できたのは生まれて数日後だった──二匹の寝床は、無数に走る狭い配管を奥へと進んだ先にある、岩壁の中の小さな空洞だった。

獰猛な大型獣は逆立ちしても入ってこれない場所だ。ごくたまに蛇やヤモリが迷い込んでくることもあるが、ここを通れるサイズのやつらはキンコでも余裕で対処できるレベルだった。

娘が無遠慮に乳を吸いまくるせいで、出産に備えて集めておいたドングリやキノコはみるみるうちになくなっていった。その代わり、栄養の消費先である娘はすくすくと健康に成長していった。

柔らかな産毛が生えそろい、身体に模様が浮かび、皮膚と肉は厚くなり、手足や指先がしっかりとしはじめ、いよいよ目が開いた。立派なカーバンクル族のメスとして、日に日に確かな輪郭を帯びていった。

（身体の模様はダンナ似かな）
（目元は私かも）

娘の成長はなによりも喜ばしかったし、付きっきりの子育ての時間はこのフロアにとり残された不安や恐怖(きょうふ)を忘れることができた。

十日もすればもはや愛着の情は溺愛(できあい)の域にまで達し、二匹で寄(よ)り添(そ)う瞬間をこれ以上ない幸せと感じることができた。

「……そろそろ、あなたに名前をつけなきゃね」

なんとなく考えてはいた。

故郷で帰りを待つ夫、タロチ。愛すべき母、ミィコ。ふたりの頭文字(かしらもじ)をもらおう。

「……タミコ。あなたの名前は、タミコよ」

毛玉未満のちっぽけな娘は、目をぱちくりさせて小首をかしげていた。

＊＊＊

カーバンクル族は二カ月ほどで乳離(ちばな)れを迎(むか)える。その頃から日々は急激に慌(あわ)ただしくなっていった。

魔獣は（種族差や個体差はあるが）人間とほぼ同等の知能を有する。そして人間よりも成長が早く、成体になるまでの時間も短い。

娘のために、二匹の未来のために、やるべきことは山積みだった。すなわち、無慈悲な地下世界で明日を生き抜くための教育だ。

たくさん食べさせ、たくさん遊ばせた。たくさん話して聞かせ、「にー」「にゅー」と言葉にならない返事も、キンコは笑顔でうなずいてみせた。

足腰がたくましくなり、配管の中をすばしっこく走り回れるようになった頃、いよいよ外へと連れ出した。

虫や草、キノコや苔、動くもの動かないもの、小さなもの大きなもの——幼い目に映る「初めて」を定義する記号を一つ一つ伝えていった。たどたどしい口調で「コオロギ」「ドングリ」とオウム返しにする様は、頬袋に入れたいほど愛おしかった。

（一日でも早く）

（ここで生き抜く知恵と力を身につけさせないと）

さらに数カ月後、実践的な教育が始まった。

虫の捕りかた、キノコの選びかた、動植物の見分けかた。メトロにはびこる危険——メトロ獣、トラップ、入り組んだフロアの構造、食べてはいけない植物。それらを予期する知識、回避(かいひ)する術(すべ)。

（……それと）

（外の世界のことも）

生きる上での優先度は低い。それでも万が一キンコ自身になにかあったあとで、もしも地上の狩人(かりゅうど)と出くわしたとしたら、そういった知識も必要になるだろう。

くたくたになって帰った巣穴の寝床で、懇々(こんこん)と話して聞かせる未知の世界のお話は、いつしか子守唄(こもりうた)代わりとして日課になった。

想像以上に娘の成長は早く、また親の贔屓目(ひいきめ)を除いてもその吸収力は目を瞠(みは)るものがあった。賢(かしこ)いところは私似かなと、どんくさかった夫の幼少期を思い出して苦笑したりした。

ただ——遺伝したのはそればかりではなかった。

「こんにょへニャチンヤロー！　あたいのおやつぬすみやがって！　キンタマにじにじしてやるじょっ！」

巣穴に忍(しの)び込んできたヤモリをぺしぺしと足蹴(あしげ)にしながら下品な罵声(ばせい)を浴びせる小鬼(こおに)のような姿は、まさに幼少時の（正確には思春期が終わる頃までの）キンコの生き写しだった。気性(きしょう)の荒(あら)さや口の悪さまで似てしまうとは。

根は優しくて臆病(おくびょう)な子なのだが、ときおりスイッチが入ったみたいにナニカに目覚めるのだ。「前世はどこかの鬼教官か」という横暴な口調で怒鳴り散らすことさえあった。

数々の「ちょっと教育に悪そうな語彙」は、当然子どもの脳みそに自然発生するものではない。それらはしっかり母から学んだフレーズだ。

もちろん直接教えたわけではないが、獲物相手に子育てのストレスをぶつける姿をばっちり観察されていたのだろう。こればかりは自分が悪い、旦那にも元ヤンなどとさんざん揶揄されてきたのだ。せめて子どもに聞かせるべきではなかったと反省しつつ、そういうところの吸収力はさすが我が娘と認めざるを得なかった。

とはいえ、親としては見すごすわけにもいかない。このまま実家に連れ帰っては、世間から「教育下手なヤンママ」の誹りを免れない。

さんざん考え悩んだ末に、キンコは娘に一つの言いつけを下した。

「タミコ。これからはあなた、語尾に『りす』をつけなさい」

「りしゅ？」

「我が家に伝わる、由緒正しい言葉遣いよ。幸せになるための、魔法のおまじない。ママもそのおかげであなたのパパと出会えたし、あなたという素敵な子どもを授かったのよ」

キンコも実際に幼少時に使っていたのは事実だ。あまりに生意気すぎたので「そのほうが少しは可愛げがあるから」という理由で母に強要されたのだ。

「おまじまい？」

「おまじない。菌能とは違うし……説明が難しいわね。とにかく、言葉の最後に『りす』ってつけていれば、いつかきっと幸せが訪れるわ。ママが約束する」

「りしゅ？」

〝糸繰りの民〟――この国の人間とカーバンクル族は友好協定を結んでいる。カーバンクル族は彼らの法に従って生きることで、彼らの法で守られている。種族間の関係は概ね良好だ。

　地上への脱出について、今は狩人がやってくることを願うしかない状況だ。自力で地下四十九階のアレを出し抜ける可能性は極めて低い。

（いつかきっと、誰かがここへやってきてくれる）

（そう信じるしかない）

（そのときのために、愛嬌を身につけておかなきゃね）

　この子がこのまま生意気全開に育ったら、反感を買って非常食扱いされかねない。言葉や態度が乱暴でも、カーバンクル族の愛嬌ある姿と魔法の語尾さえあれば、少々のことは大目に見てもらえるというものだ。かくいうキンコも、故郷のナカノに住む人間の大人たちからそうしておやつをせしめてきたのだ。

キンコは娘の頬を撫で、額と額をこつんっと触れ合わせた。

「私があなたのパパにめぐり会えたみたいに、最高の相棒とめぐり会えたみたいに……あなたにもいつか、素敵な出会いが訪れますように……そんな願いをこめた、ママのおまじない。だから、できる？」

少し間を置いてから、タミコは力強くうなずいた。

「りしゅ！　できるりしゅ！」

「いいお返事！　タミコはお利口ね、よしよし！」

「……ああっ……おなかこしょこしょされるの……しゅきぃ……！」

こっちは旦那の遺伝だ。間違いない。

＊＊＊

カーバンクル族は戦闘向きの魔獣ではない。

他の獣との体格の差は絶望的だ、同程度のレベル帯のやつらとくらべて、パワーや耐久力ではどうしても劣ってしまう（その分すばしっこさや賢さには秀でているが）。

キンコは【銀牙】などの戦闘向けの菌能を習得できなかった。そのため、レベル30を超えていても一回り下の獣を狩るのがやっとだった。

確実に狩れるターゲットは、人間の狩人の換算でレベル10そこそこと想定されるゴーストウルフ、青ゴブリン。レベル15～20ほどとされる赤ゴブリン相手でも勝てなくはないが、菌能持ちが多いので不慮の事故が怖く、なかなか手を出せなかった。

（危険は冒せない）

（私になにかあれば、それはこの子の死につながるから）

勝てそうな相手のみ、単体で行動しているものだけを狙う。慎重に慎重を重ねた狩りだけを続け、手に入れた胞子嚢を親子で分け合う。

夜になったらお勉強——とにかく思いつく限りの話を娘に聞かせた。メトロのこと、同族のこと、人間や狩人のこと、この国ができるずっと昔のこと。

日々は忙しく危険で、だが充実していた。

娘の成長を見守れるこの日々を幸せだと感じられた。

月日はあっという間にすぎていった。

二年が経ち、三年が経った。

身も心もたくましく成長したタミコは、菌能こそ未習得だったが、ようやくレベル10に到達した。

亀の歩みのようなペースだったが、順調と言ってよかった。ときおりピンチはあっても、二匹とも大きな怪我もなく乗り越えてこられた。タミコも近所ならば一匹で出歩いておやつをとってくるくらいはできるようになった。

カーバンクル族の寿命は——種族の歴史が浅いせいではっきりとはしていないが、同胞には六十歳を超えてもまだまだ健在な者もいた。

時間はまだある。ゆっくりでも着実に安全に力を蓄えていこう。

ここで粘っていれば、いつの日か脱出のチャンスが訪れるはずだ。

——そう思っていた。そのはずだった。

三年半が経った頃。

初めはただの風邪だと思った。うつすといけないからと寝床を離して、なるべく咳を抑えるようにした。

しかし——その頃から、身体の具合は日に日に悪くなっていった。

悪寒、倦怠感。肺の痛み、関節の軋み……娘に悟られまいと押し殺した咳に黒ずんだ血が混じっているのを見て、背筋が凍りついた。

薬草を食べても一向に回復しない。時間は体力を奪い、不調を進めるのみ。

（これは……きっと治らない病気なのね）

残された時間が少ないと悟ったのは、タミコの四歳の誕生日が近づいた頃だった。

「――地上に向かいましょう」

ささやかなご馳走で娘の誕生日を祝った翌日、キンコはそう切り出した。

「……ここ最近、このフロアで獣の動きが活発になってきた気がする。このままいつまでもここにはいられない。この五十階で暮らしていくには、私たちはあまりにも非力すぎる」

方便だった。実際はここまでうまくやれてきたし、体調さえ万全ならもっと粘れるはずだった。

（だけど、私が死んだら……この子は独りぼっちになってしまう）

（それなら……イチかバチかでも、このフロアから脱出しなくちゃ）

（あいつの部屋さえ抜けられれば、この子ひとりでもチャンスはある）

「それに……カーチャンはね、どうしてもあなたのトーチャンに会いたいの。あなたにも会わせてあげたい……とっても優しいひとだから」

「トーチャン……」

「ええ……きっと今も私たちの帰りを待ってくれている……だから、行かなきゃ」

不安にさせないよう、病気のことはこのまま隠し通すつもりだった。

「でも……」

タミコは怯えているようだった。彼女は四十九階を訪れたことも、立ちはだかるボスの姿を目にしたこともない。それでも幾度となく伝えてきたその強さや恐ろしさは嫌というほど知っている。無理もないことだ。

「……あたいは、まだここでがんばれるりす。カーチャンといっしょなら……」

いつからだったろう。ママでなく、カーチャンと呼ばれるようになったのは。

この子はすくすくと成長してきた。キンコだって同じ思いだ、もっとずっと一緒にいたい。ふたりならまだまだがんばれる。

けれど――残された時間は、もうわずかなのだ。

まだ動ける。もう少しだけ。

だから、これが最後のチャンスなのだ。

「タミコ、生きてここを出るの。地上のことはたくさん話したでしょう？　空は高くて、森は豊かで、人間の大きな町があって……故郷ではトーチャンが待っている」

「でも……」

「いつかはそれに挑まなきゃいけない。あなたはとってもたくましくなったわ、タミコ。

もう足手まといなんかじゃない……ふたりで力を合わせれば、きっとあのスライムだって出し抜くことができる」

そうするしかない──キンコはそう自分に言い聞かせた。たとえ自分の命を犠牲にしてでも、娘だけは四十九階へ送り届けてみせる。母としてやれる、最後の務めだ。

タミコは顔を上げた。迷いを浮かべながら、それでも小さくうなずいた。

「……あたい、タイヨーをみてみたいりす」

「太陽？」

「すごくあかるくて、キレイだって……あたい、カーチャンといっしょにみたいりす」

絞り出すような娘の願いに、母は優しく微笑み、娘をそっと抱きしめた。

「……約束よ。一緒に太陽を見に行きましょう」

＊＊＊

地下四十九階への階段を上るのは一年ぶりだった。

相棒とともに挑み、敗れ、五十階へ落ち延びたのが四年前。それからもたびたび、娘に留守を任せて階上のボス部屋へとこっそり出向いていた。情報を集めるためだ──いつの日か避けがたく訪れる、やつとの三度目の対決のときに備えて。

（できればそんな日は来ないでほしかったけどね）

　長い長い階段を上った先にある大広間。その部屋の主——ボススライムはその中心にどかっと居座っていた、最後に見たときと同じように。

　ドブ色の濁った液状の半球体は、見上げても果てのないほどの巨躯だ。わずかに大きくなっている気がした。

（……まだ成長してる……）

（もうすでに……達人級の狩人でも太刀打ちできないレベルかもしれない……）

　こちらが覗いていることを、おそらくあの無機質な怪物も勘づいている。愚鈍そうな見た目とは裏腹に、かなり発達した感覚器官を持っているのだ。キンコたちのような小型の獣はおろか、入り込んだ虫一匹でさえ捉え損なうことはない。

　母と並んで階段のへりから覗くタミコは、ぶるぶると震えていた。これまで与えてきた情報と合わせて、彼女が目にしてきたどんな獣よりも恐ろしく映っていることだろう。

「……大丈夫よ、タミコ。カーチャンがついてるから」

「……りす……」

　キンコ自身、本当は恐怖でおかしくなりそうだった。それでも虚勢を張ることができたのは、この子にそれを悟られまいとする強い意志があればこそだった。

作戦はすべて伝えてあった。あとはそれを決行するタイミングを待つだけだ。

この距離であれば、音だけでも異変を捉えることができる、目視で窺う必要はない。

一段下に身を潜めたまま、身を寄せ合ってそのときを待った。娘の温もりのおかげか、それとも強がりが実を結んだのか、いつしか身体の震えは止まっていた。

どれほどの時間がすぎただろう。気を張り続けて疲れたのか、娘は腕の中で安らかな寝息をたてはじめていた。

キンコは苦笑して、娘の頭を撫でた。いけないとはわかっていつつも、このときがずっと続けばいい、そのときなんて訪れなければいい……そんなことを思わずにはいられなかった。

だが——そんな儚い願いを打ち消すかのように、

「——ウォオオオオオンッ！」

突如、獣の声が轟いた。

キンコは即座に階段を跳び上がった。

再び足を踏み入れた四十九階。そこから見通す限りでは、先ほどまでとなにも変わっていない。ボススライムの巨躯のせいで死角になっているからだ。

先ほどのおたけびから、そして今も聞こえてくる低いうなり声から、それがなんなのかキンコにはわかっていた。

「……オルトロス……！」

五十階付近に生息する、二つ首の狼。推定レベルは50前後――ボススライムには到底及ばないが、その敏捷性と危機回避能力は付近に生息する獣の中でも屈指だ。

もう一つの出入り口――四十九階のフロアのほうへ続く出入り口から入ってきたのだ。

時間稼ぎを頼むには申し分ない侵入者だ。

「タミコっ！　行くわよ！」

「り、りす……」

娘は震えていた。その目には涙がにじんでいた。頭ではわかっていても、一歩を踏み出せないでいるようだった。

キンコはすぐに駆け戻り、娘をぎゅっと抱きしめた。己の不安をも相殺するように。

「大丈夫……なにがあっても、あなたは私が守るから」

戸惑いながらも、娘は覚悟を決めるように力強くうなずいた。

そうして二匹の母娘は、同時に階段を駆け上った。

「ゴァアアアアアアアアアッ！」

「グォアアアアアアアアアアッ！」

双頭が吠え声を重ねた。スライムが目にも留まらぬ速度で流体の触手を振るっている、ここへ迷い込んだ獣とそれを喰らおうとするボスとの戦いが始まったのだ。

（急げ！　急げ！）

怪物たちの生存闘争の影を縫うように、二匹は円形の広間の壁に沿って駆けた。

（オルトロスがやってきたのは、ちょうど階段の反対側から）

（その出入り口のそばに、必ず扉を開けるスイッチがあるはず）

通路型の一方通行のトラップならともかく、こういった部屋の出入り口封鎖型のトラップは必ず解錠できる仕掛けがある。カツオとの狩人生活で学んできた経験則だ。

三分の一ほど進んだところで、ようやくオルトロスの姿を目視することができた。遥か格上と理解しているだろうに、それでも臆することなく必死に抗っていた。

大木のような触手の攻撃を鋭いステップで回避し、二つの頭から同時に炎を噴きつけた。おそらくスライムには微塵も効いていないだろうが、その暴れっぷりは頼もしささえ感じられるほどだった。一瞬だけ片方の頭と目が合ったが、そのまま無視された。それどころではないとわかっているのだろう。

この広間に上がって十数秒、焦燥と恐怖で永遠ほどにも引き延ばされた時間ののち、二匹はようやく目当ての付近にたどり着いた。岩壁に石板のような滑らかな長方形が埋まっている、これが出入り口だ。

「タミコ！　このあたりよ、スイッチをさがすの！」

「り、りす！」

ここまでは狙いどおりだ。あとは急いでスイッチを見つけるだけだ。

焦るな、見落とすな。それは一見しただけではわからない程度には隠されている、だが決して見つからないほどではないはずだ。

（どこ？　どこに――）

小さな身体で壁を這いずり回り、それらしいものをさがした。時間はあとどれほど残されているのか。オルトロスはあとどれだけ食い下がれるか。

スイッチさえ見つかればここを出られる。ふたりで生きてここを――。

「――え」

音が、いつしか止んでいた。

振り返ったキンコが目にしたのは、ボロ雑巾のようになった狼の巨体が泥水色の触手に呑み込まれていくところだった。

（……嘘でしょ……）

（まだ一分も経ってないのに……）

「タミコっ！」

岩壁に張りついていたタミコに飛びかかり、突き飛ばした。一瞬遅れてそこへ触手がめりこんだ。

二匹もろとも絡まるようにして床に落ちた。すぐに起き上がったキンコだが、半分以上溶けた尻尾がぷすぷすと焦げるような音をたてていた。

「か、カーチャン！」

タミコは無事だ。

であればその次に確認すべきは痛手の具合、ではない。

激痛を噛み殺しながら、キンコは顔を上げた。

数十メートル先にある、山ほども巨大な半球体の塊。目も表情もないが、その意識が自分たちだけに向けられていることはわかった。

数瞬、思考をめぐらせる。

囮はもういない。そしてすでに、次なる標的として自分たちが認識されている。

スイッチはまだ見つかっていない。攻撃をかわしながらそれをさがすのは不可能だ。

身を隠すような遮蔽物はない。唯一の出口は、やつの後ろの向こう側に――。

ボススライムに目を向けたまま、かたわらの娘の頭にそっと触れた。

ほんの一秒にも満たない時間。その指先が温もりから離れたとき、自然と顔に苦笑が浮かんだ。

「……タミコ、階段まで走って。カーチャンもすぐに行くから」

「……えっ？」

「行きなさいっ！」

張り上げた怒声の迫力に、タミコがはじかれたように走りだした。

同時にキンコは指先に菌糸玉をつくり、スライムめがけて放った。

細い触手が高速で菌糸玉をはじいた瞬間、それは爆ぜてキラキラとした色とりどりの光をばらまいた。【茶符】――光を反射する菌糸片を散布する撹乱用の菌能だ。

無数の宝石をちりばめたようにあたりが煌めき、スライムの動きが一瞬止まった。さらにキンコは別の菌糸玉を次々と放った。それらは石床にべちっとつぶれると、にゅるにゅると細い茎が伸び、球状の傘を持つキノコへと変わった。

「ギュアッギュアッ！」

「ギャアッギャアッ！」

傘が首を振るように左右に揺れ、甲高い鳴き声にも似た音が発せられた。空気と反応して騒音をたてる【凸威】だ。

若い頃は偵察能力と撹乱能力を買われ、〝ナカノのクノイチ〟を自称していたものだが、相手を直接攻撃できる能力はない。今できることはこれしかないのだ。

それでも――すべてはこの瞬間のためにあったのだと悟った。

（気を逸らす、注意を引きつける）

（時間を稼ぐ……一秒でも長く！）

スライムの頭頂部から生えた六本の触手がうなりをあげる。光る空気が散り散りになり、【凸威】が薙ぎ払われる。キンコは自身へと迫る攻撃を寸前でかいくぐる。破片の降り注ぐ中で着地しつつ、すぐさま次の回避へと体勢を整える。

「まだまだぁっ！」

タミコは壁沿いに大きく回り込んで走っている。階段にたどり着くまで、あと十秒くらいだろうか。

相棒の仇であるこの化け物に一矢報いる刃は持ち合わせていない。それでも今このときだけは――全身全霊で凌ぎきってみせる。

殺意すら感じられない無機質で自動的な攻撃、触手を振り回すのみという単純な暴力。

それらが嵐のように吹き荒れる。

風圧だけで殴られたような衝撃を受ける。石の破片が顔や身体に突き刺さる。わずかにかすめただけで皮膚ごとえぐられる。

それでもキンコは走り続け、跳び続けた。

壊れかけた肺がどれだけ悲鳴をあげようと。

間断なく迫りくる死に立ち向かい、抗い続けた。

「――カーチャンっ！」

どれほど周りは騒がしかろうと、それだけは聞き漏らすまいという声。スライムの横に回り込んでいたキンコの視界の端に、娘の姿が映った。彼女は階段の前で必死に声を張り上げていた。

（よかった）

（逃げきれたのね）

「先に下りて！　私もすぐに行くかr――」

ごぽっ、と口から血があふれた。病んだ呼吸器からの黒ずんだ血だ。

崩れかけた一瞬の隙をつくように、頭上に迫る触手。回避が一歩遅れた。

直撃は避けたが、それでも木っ端のごとく吹き飛ばされ、したたかに打ちつけられた。

「……がっ……」

立ち上がろうとして、後ろ脚が二本ともあらぬ方向に曲がっていることに気づいた。

顔を上げたキンコは――タミコのほうに目を向け、笑った。


「……タミコ……」

――ありがとうね。

あなたがいてくれたから、私は独りじゃなかった。

あなたがいてくれたから、私は最期まで生き抜くことができた。

あなたがくれたこの四年間は、これまでの人生で一番幸せな時間だった。

あなたは私のすべてだった。他になにもいらなかった。

――ごめんね。

こんなところで産んでしまって。

こんなところで独りぼっちにしちゃって。

立派な女性に成長する姿を見守ってあげられなくて。

もっとたくさん、教えてあげたいことがあったのに。

「……ああ……」

——死にたくない。

もっと一緒にいたかった。

あなたを父親の待つ故郷に連れて行ってあげたかった。

いろんな場所を、綺麗な世界を、たくさん見せてあげたかった。

「……どうか……」

あの子の孤独が報われますように。

あの子の行く末に幸せがありますように。

私には祈ることしかできないけれど——。

「……タミコ——」

触手が降ってくる。

閉じたまぶたの裏に、あの子の笑顔が、泣き顔が、怒る顔が、寄り添って眠る顔が、よぎっては消えていく。

目を開き、そっと手を伸ばした。

愛してる、キンコはそうつぶやいた。

＊＊＊

どれくらいそうしていただろう。

階段の踊り場にぺたんと尻を下ろしたまま、タミコはずっと見上げていた。階段の先、四十九階の出入り口を。

あそこで起こったことはすべて夢か見間違いで、今にも母がひょっこりと戻ってくるのではないかと、そんな気がしてそこを離れられなかった。

床は降り落ちる涙で乾く暇もなかった。お腹は減り、喉も渇き、それでも身体は動こうとしなかった。


昼と夜の光の入れ替わりを何度かそこで迎えたのち、タミコはのそりと起き上がった。

どの道をたどってきたかも定かではないが、気づけば巣穴につながる配管の前に戻ってきていた。付近にしみ出ているあまり綺麗ではない水を飲み、巣穴に帰って備蓄されたままだった木の実やキノコをかじった。

そのまま尻尾を抱きしめるようにして丸くなり、なかなか訪れない眠りを待った。生まれてからずっとすごしてきたこの巣穴を、こんなにも広く冷たく感じられたのは初めてだった。


色を失った日々の中で、抜け殻のようになった肉体を無理やり動かしていた。

こそこそとフロアの片隅を徘徊し、食糧をかき集め、それがなくなるまで巣穴にこもる。

のそりと起き上がるたびに身体のこわばりでどれくらい時間が経ったのかを計った。

目を閉じれば浮かぶのは母の顔ばかりだった。その温もりを、笑顔を、優しい声を夢に見て、目を覚ましては涙に暮れた。

——カーチャンのところにいきたい。

何度そう思ったことか。

それでもそれを選ばなかったのは、ひとえに母への思いがあったからこそだった。

母は、最期まで自分を守ろうとしてくれた。

その命を賭けて、自分に生きろと伝えてくれた。

(……やくそくしたりす)

(いっしょにタイヨーをみようって)

母の願いを、約束を、無にするわけにはいかない。

それがタミコを支えるたった一つの意志だった。

逆に言えば、そう思うことでしか、生きる意志を保ち続けることができなかった。


とはいえ――ちっぽけな四歳の彼女の身に、その決意はあまりにも重く、この世界はあまりにも過酷だった。

一匹ではろくに狩りもできない。レベル10そこそこ、まだ菌能の一つも習得していない彼女では、この階層で最弱とされるゴーストウルフにさえ歯が立たない。このままでは地上をめざすどころかレベルを上げることさえできない。

（あたいでもとれるほうしのう）

（さがすしかないりす）

胞子嚢の残った死骸を見つけたり、瀕死の獣と遭遇できる機会はごくまれだ。獲物を仕留めた獣は、通常いの一番に胞子嚢を捕食するのだから。

それでもタミコにできるのは、そういった幸運を当てにすることだけだった。根気強く辛抱強く、慎重にフロアを歩いて回った。

一カ月が経った頃、死後間もなく、食い荒らされてもいない青ゴブリンの死骸を見つけることができた。

周囲に他の獣がいないことを確認し、なりふり構わずに死骸の腹へ食らいついた。久しぶりの胞子嚢は苦かった。

　さらに数週間後、目が開いたばかりの子狼と出くわした。かたわらには親と思われる狼の食い散らかされた死骸。戻らない親を追って巣から出てきたのだろう。

　これもまた、胞子嚢にありつける幸運の一つだった。だがタミコは――親のそばを離れずにもぞもぞとし、キューキューと鳴く子狼の姿を自分に重ねた。

「……ごめんりす……」

　自分に重ねた上で、タミコはそうすることを決めた。後ろから尻尾を巻きつけるようにして張りつき、柔らかな首筋に前歯を立てた。

　半年が経った頃、ようやくレベルが一つ上がり、さらに半月後には初めての菌能を習得した。いつもよりも遥かに遠くの物音を聞き通せたり、ごく小さな物音も聞き分けられる能力だ。期待していた戦闘向きの菌能ではなかったが、これがあればより安全にフロアを歩き回ることができる。

（……カーチャンにもみせたかったりす）

　嬉しいはずなのに、成長を一番見せたいひとがここにいない。一緒に喜びを分かち合えるひとがいない。それがこんなにも寂しくて悲しいということを初めて知った。

ひたすら歩き、さがし、逃げ回り、噛みつき、傷つき、食べ、飲み、眠り。

怯え、怒り、苛立ち、悲しみ、たまに喜び、ときどき泣き。

たった一匹で生きる世界はあまりに厳しく、あまりに寂しくて――。

さらに半年がすぎた。タミコは孤独のまま五歳を迎え、母の命日にはそれまで溜め込んできた恋しさを解放して一日中涙に暮れた。

そして、一カ月後――彼女に一つの出会いが訪れる。

＊＊＊

いつものようにエサをさがしてこそこそと徘徊していたときだった。

ふと、タミコの耳がぴんと立ち、聞き慣れない悲鳴のようなものを拾った。

「――あああああっ！」

初めて聞く類の声だった。狼のように轟く声とも違うし、ゴブリンのような耳障りな甲高さもない。というか――自分や母が口にする「言葉」に近い形のように聞こえた。

気のせいかと思いながら、おそるおそるそちらに向かった。大型獣の気配はなかったが、近づくにつれて血のにおいが強くなっていった。

（……あれは）

初めて見る獣だった。

頭に棒状の菌糸を突き刺され、絶命しているゴーストウルフのかたわらに、ゴブリン(猿)に似た四足獣がへたりこんでいた。

（なんか）

（よわそうなケモノりす）

頭以外に体毛はほとんどなく、剥(む)き出(だ)しの肌(はだ)はつるっとしている。四肢(しし)は細長く、無防備な背中も腹も柔らかそうで、返り血を浴びて呆然(ぼうぜん)とするその顔はのっぺりとしていて迫力(はくりょく)もなにもない。

「なんなんだよ、もう……」

それがぼそぼそとした声で鳴いた――いや、違う。

聞き間違(まちが)いではない。自分たちと同じ言葉を、そのつるつるの獣はしゃべったのだ。

（……まさか）

外見も、母から聞いていた特徴(とくちょう)と合致(がっち)している。

（〝いとくりのたみ〟――かりゅーどりす！）

間違いない、人間だ。

ついに、ついにこのときが来た。

夢にまで見た、この迷宮の奥深くから解き放ってくれる救い主。それがついにやってきたのだ。

（カーチャン！　ついにきたりすよ！）

身体が熱くなった。目の奥がじんとした。

興奮のあまり、思わず身を潜めていた物陰から飛び出そうとしたが――はっと思い直して踏みとどまった。

ゴーストウルフを仕留めたところなのだろうが、ほとんど動かない。まだ呆然としている、負傷でもしたのか――いや、怪我を気にするようなそぶりもない。

と、ようやく立ち上がったが、頭も足腰もふらふらしている。なんとも頼りない姿だ。

（……やっぱり……）

（……すごくよわそうりす……）

ゴーストウルフを倒したのは間違いなさそうだが、その立ち振舞は見るからに隙だらけで、タミコでさえ本気で喧嘩したら勝てそうな気さえしてくるほどだった。

あれが本当に、この険しいメトロをくぐり抜け、四十九階のスライムを退けて、ここまでたどり着いたのだろうか。その勇姿を想像することができなかった。

それに母曰く、人間は体毛がない代わりに、〝フク〟という他の獣の皮や植物で編んだふわっとしたものを着ているという。しかし、あの人間は明らかに剥き出しだ。オスだろうか、キンタマもぶらぶらしている。

まるで——そう、生まれたての赤ん坊狼のようだ。

人間には違いない、そのはずだ。

けれど、明らかにおかしい。

（……もしかして……）

（……かりゅーどじゃない……？）

倒した獲物の胞子嚢をとり出そうともしない。狩人なら真っ先にそうするはずなのに。

（……どうしよう……）

このままでは血のにおいにつられて、他の獣がやってくるかもしれない。

今すぐ話しかけるべきだろうか、それともいったんここを離れるべきか。

（……カーチャン……）

（……どうしたらいいりすか……？）

戸惑い、不安になり、タミコは思わず踵を返そうとした。そのとき——。

――魔法のおまじない。
ふと、脳裏によぎった母の声が、言葉が、立ち去ろうとする足を止めた。
――いつかきっと幸せが訪れるわ。ママが約束する。
唐突に。
頬を撫でてくれた手の感触が、
全身で触れ合う温もりが、
胸いっぱいに甦ってきた。
――私があなたのパパにめぐり会えたみたいに、最高の相棒とめぐり会えたみたいに
……あなたにもいつか、素敵な出会いが訪れますように……。
たまらなくなって、涙がこぼれそうになった。
（カーチャン……）
（あたい、しあわせになれるりすか？）
一番大好きだったひとは、もう帰ってこない。
この先に本当に、幸せはあるのだろうか。
（カーチャン）
違う。

母のために、幸せにならなければいけないのだ。

母の遺(のこ)してくれたおまじないを、現実のものにするために。

（やくそくりす）

ぐいっと目元を拭(ぬぐ)った。

まぶたの裏に映った母の顔は、いつものように優しく微笑んでいた。


気づけば前へと駆けだしていた。

立(た)ち尽(つ)くしたままの人間に、背後からそっと近づき。

躊躇(ためら)いながら、勇気を振りしぼり。

すうっと息を吸い――声を発した。

「――ほうしのう、たべないりすか？」


一人と一匹の、タイヨーをめざす冒険(ぼうけん)が始まる。

あとがき

はじめまして。あるいはウェブ版でお世話になっております。佐々木ラストです。

このたびは「迷宮メトロ」を手にとっていただき、誠にありがとうございます。

「小説家になろう」に本作の投稿を始めたのが、このあとがきを書いている今からちょうど一年前。

それから半年ほどで書籍化が決まり、さらに半年かけて準備をしてきて。

ようやく本書がお店に並ぶ運びとなりました。ひゃっほーい！　すげえ大変だったけど。

ここまで来れたのも、ひとえに連載を応援してくださる読者の皆様、また本書出版にご尽力いただきましたすべての方々のおかげです。この場を借りて感謝申し上げます。

他にもいろいろ言いたいことがああページ足りない。

というわけで、また次巻でお会いできることを楽しみにしております。

アベシューとタミコの冒険、舞台はいよいよ地上へ……乞うご期待！　りっす！

オオツカメトロを無事に脱出したアベシューとタミコ。
ノアに先導されて進むスガモ市への道行きは、
新たな発見に満ちていた!!
さらに、アベシューの力の秘密
〝糸繰士〟についても明らかに!?

目覚めたら最強職だったので
シマリスを連れて新世界を歩く

迷宮メトロ

佐々木ラスト Last Sasaki　イラスト｜かわすみ

Vol. 1

2020年初秋、発売予定!

HJ NOVELS
HJN46-01

迷宮メトロ 1
～目覚めたら最強職だったのでシマリスを連れて新世界を歩く～
2020年4月22日　初版発行

著者――佐々木ラスト

発行者―松下大介
発行所―株式会社ホビージャパン
〒151-0053
東京都渋谷区代々木2-15-8
電話　03(5304)7604（編集）
03(5304)9112（営業）

印刷所――大日本印刷株式会社

装丁――AFTERGLOW／株式会社エストール

Printed in Japan

ISBN978-4-7986-2154-8　C0076

ファンレター、作品のご感想お待ちしております
〒151－0053　東京都渋谷区代々木2－15－8
(株)ホビージャパン HJノベルス編集部 気付
佐々木ラスト 先生／かわすみ 先生